Tony Jungo !!!

House of Ghosts
Der aus der Kälte kam

Frank Maria Reifenberg

HOUSE OF GHOSTS

Der aus der Kälte kam

Mit Vignetten von Fréderic Bertrand

arsEdition

Bibliografische Information der Deutschen Nationalbibliothek
Die Deutsche Nationalbibliothek verzeichnet diese Publikation
in der Deutschen Nationalbibliografie; detaillierte bibliografische
Daten sind im Internet über http://dnb.d-nb.de abrufbar.

© 2017 arsEdition GmbH, Friedrichstr. 9, 80801 München
Alle Rechte vorbehalten
© Text: Frank Maria Reifenberg
Lektorat: Svenja Hoffmann
© Umschlaggestaltung: Grafisches Atelier arsEdition unter Verwendung
einer Illustration von Fréderic Bertrand
Vignetten: Fréderic Bertrand
ISBN 978-3-8458-1715-6

www.arsedition.de

Für Tim

Inhaltsverzeichnis

Eine stürmische Nacht 9
Ein Job wird gesucht und gefunden 18
Eine Dame unter Verdacht 27
Ein Besuch zu später Stunde 38
Ein verhängnisvolles Versprechen 49
Eine eiskalte Entdeckung 54
Ein mieser Kerl, der nicht aufgibt 63
Ein unzustellbarer Brief 70
Eine genauso miese Hexe, die auch nicht aufgibt 75
Eine nächtliche Überraschung 84
Ein Ferkel, das es in sich hat 95
Einem wird's ganz warm ums Herz 105
Ein Problem kommt selten allein … 109
Ein Umzug mit Hindernissen 120
Ein wenig zu wenig bei einem 132
Zu viele Leute sehen Dinge, die sie nicht sehen sollten 136
Ein Plan geht doch nicht ganz auf 146
Ein Ausflug ins Jenseits 154
Einer geht, einer bleibt 165

Eine stürmische Nacht

»Uaaaaaaah«, schrie mein kleiner Bruder Bobbyboy. In diesem Schrei klangen pure Angst, Panik im Quadrat, Grauen mal drei mit. Wie kleine Brüder eben schreien, wenn sie ganz kurz davor sind, sich in die Hose zu pinkeln.

»Iiiiiiiiiiiiih«, schrie ich, leider auch sehr schrill und sehr laut. Ich schämte mich dafür, denn in meinem Alter sollte man bei solchen Gelegenheiten cool bleiben. Man sollte den kleinen Bruder beschützen und ihm damit klarmachen, wozu eine große Schwester gut ist.

Darum ging es aber gerade nicht.

Es ging um Leben oder Tod.

Papa gnarzte. Ich konnte nicht unterscheiden, welche Art von

Gnarzen es war. Er hat für verschiedene Lebenssituationen und Probleme sehr unterschiedliche Gnarz-Formen entwickelt. Dieses war ein sehr lautes »*Gnrzgmrk!!!*«, was vielleicht auch daran lag, dass er die Ursache für die Schreierei seiner Kinder bisher verschlafen hatte.

Sein Tiefschlaf fand erst ein plötzliches Ende, als Bobby und ich fast gleichzeitig unsere Schreie ausstießen und uns so fest an ihn klammerten, dass er am nächsten Morgen mit blauen Flecken aufwachen würde.

Wenn wir in dieser Nacht überhaupt noch einmal ein Auge zumachten.

Wenn es für uns überhaupt einen nächsten Morgen geben würde.

Seit ich dem italienischen Mädchen, das immerhin 500 Jahre als Gespenst herumgegeistert war, in meiner neuen Funktion als Pförtnerin für verlorene Seelen ins Jenseits verholfen hatte, stellte ich mir hin und wieder eine Frage: Wie würde es mir eines Tages ergehen? Wäre meine Seele imstande, einfach *husch* und *schwups* zu verschwinden, oder würde ich als Poltergeist oder schwebende Jungfrau mit blassem Gesicht noch irgendetwas auf dieser Welt erledigen müssen? Würde es eine Schuld geben, die ich noch zu begleichen hätte?

Richtig schlimme Verbrechen standen bisher nicht auf meiner Liste. Jedenfalls keine, für die man mit einem Dasein als Poltergeist bestraft werden würde. Meine Vergehen bestanden aus regelmäßigem Abschreiben bei Mathetests und gelegentlichen Notlügen. Es ging meistens darum, die Erlaubnis zu bekommen, länger bei meiner besten Freundin Cindy bleiben zu dürfen. Mehr belastete mein Sündenkonto nicht.

Glücklicherweise war Mama schon wach in diesem Augenblick, der vielleicht unser letzter sein sollte. Sie bekommt sonst alles mit ein paar Ideen und einer zupackenden Hand in den

Griff, das behauptet sie jedenfalls immer. Jetzt hatte sie nur noch eine einzige Idee.

»In alle vier Ecken und festhalten!«, schrie sie. Damit meinte sie das Zelt, in dem wir gerade im Garten hinter unserem eigenen Haus campierten. »Sonst fliegt es weg.«

Es gab ein großes Durcheinander. Bobbyboy krabbelte keineswegs in eine der vier Ecken des Zeltes, sondern unter seinen Schlafsack, den er sich mit beiden Händen über den Kopf zog. Er glaubt fest an das Motto: Was ich nicht sehe, kann mir auch nichts anhaben.

Darin irrte er sich in diesem Fall gewaltig.

Ein Gewittersturm wie dieser hielt sich nicht an Bobbyboys Regeln.

Wieder krachte es, der Blitz zuckte keine Sekunde später hinunter. Die Zeltwände erstrahlten schlagartig in kaltblauem Licht. Leider hatten sich auch die Windböen verabredet, alle gemeinsam in dieser Sekunde durch unseren Garten zu wirbeln.

Es machte *ritsch* und Mama stand im strömenden Regen. Ihre Seite der Zeltwand flatterte auf und ab. Es machte *ratsch* und Papa stand ebenfalls im Freien. Wie aus Eimern goss der Regen. Papas Seite der Wand peitschte auf den Boden.

Ich hielt an meiner Ecke noch durch, gab mir alle Mühe, wurde aber von einer hinweggerissenen Stange am Kopf getroffen. Ich erinnerte mich daran, wie ich einmal im Turnunterricht gegen den Holm des Barrens geknallt war. Der Schmerz fühlte sich genauso an, aber ich schwor mir: *Du wirfst dich jetzt nicht bewusstlos auf den Boden,* und das half.

»Wo ein Wille ist, ist auch ein Weg«, hatte unser Sportlehrer Mister Hoover immer gesagt, und alle außer meiner Freundin Cindy hatten ihn dafür gehasst. Cindy war die Stadtmeisterin in unserer Altersstufe im Kunstturnen. Und das in New York.

Sie turnte Übungen am Barren, bei denen mir allein vom Hinsehen schwindelig wurde.

Jetzt war ich Mister Hoover ausnahmsweise dankbar.

Wille.

Weg.

Ich *will* nicht ohnmächtig werden, bläute ich mir ein. Vielleicht schrie ich es sogar gegen den tosenden Hurrikan an, denn um einen solchen handelte es sich mindestens. Ich *will* nicht vom Blitz erschlagen werden, nicht im Regen ertrinken, auf keine wie auch immer geartete Weise *will* ich heute Nacht ums Leben kommen. »Das ist mein Wille, Mister Hoover!!!«, rief ich.

»Mit wem sprichst du, Melli?«, rief Mama. »Siehst du Gespenster?«

Ich zuckte zusammen.

Mama hatte das nur so dahingesagt, aber seit wir vor ein paar Wochen von New York nach Kohlfincken gezogen waren, achtete ich sehr darauf, wenn jemand in meiner Gegenwart plötzlich von Geistern, Heimsuchungen, Untoten oder ähnlichen Wesen sprach. Ich war jetzt stolze Besitzerin einer Villa, in der Gespenster ein- und ausgingen. Allerdings wusste meine Familie das nicht.

»Wir müssen ins Haus«, schrie Papa.

»Das ist verboten«, schrie Mama.

Unter dem Durcheinander von Zeltplanen und Schlafsäcken brabbelte Bobbyboy etwas. Es klang wie: »Heute kippt sie um. Ganz bestimmt.« Mein Brüderchen hatte von Anfang an befürchtet, dass die Villa umkippte.

Ich konnte ihm natürlich nicht sagen, dass eine Villa, die bereits einen ektoplasmatischen Sturm überlebt hatte, über so ein Wetterphänomen nur müde lächelte. Den ektoplasmatischen Sturm hatte ein ziemlich mieser Typ aus dem Dunklen Jenseits ausgelöst, der nur über ein Auge verfügte und manchmal seine Beine verlor.

Wir durften unsere eigene Villa jetzt nicht mehr betreten, weil sie von der Bürgermeisterin amtlich versiegelt worden war. Überall an den Fenstern und Türen klebten Papierstreifen mit einem sehr offiziellen Stempel und der Androhung eines hohen Bußgeldes, wenn jemand dieses Siegel zerriss und die Villa betrat. Mit Regeln und Gesetzen nimmt Mama es genau. Auch wenn sie nass bis auf die Haut ist und Mühe hat, sich auf den Beinen zu halten.

»Wir werfen ein Fenster ein und sagen, es war der Sturm. Hier werden wir am Ende noch vom Blitz gegrillt«, schrie ich.

Im selben Augenblick hatte sich ein Blitz genau das überlegt. Er war jedoch so nett, es zuerst mit der großen Kastanie im Garten der Villa zu versuchen. Es krachte einmal, das war der Donnerschlag. Eine zweite Explosion schepperte kaum fünf Meter neben uns. Das war der Blitz. Er hatte den Baum gespalten.

Für ein paar Herzschläge schien Totenstille zu herrschen.

Das uralte Holz des Baumes knirschte, eine Hälfte kippte in die Richtung der linken Grundstücksseite. Die andere Hälfte nahm ihren Weg genau auf uns zu.

Ich reagierte als Erste, sprang zu dem Knäuel, in dem Bobbyboy steckte. Ich riss ihn zur Seite. Die Äste des Baumes peitschten auf mich ein. Ich kniff die Augen zu. Als ich sie wieder öffnete, standen wir alle vier vor den kläglichen Resten eines Einfamilienzeltes und einer Kastanie. Wir schauten uns an.

»Puh«, sagte Mama.

Wir anderen schwiegen.

Mama und Papa waren mit ein paar Kratzern davongekommen. Mama hielt einen Stein in der Hand. Sie hatte ihre Meinung geändert. »Das wäre doch gelacht!«, rief sie und warf die Türscheibe zum Gartenzimmer mit dem Brocken ein.

Wir waren an unserem ersten Tag in Kohlfincken bereits einmal auf diesem Weg ins Haus gelangt, nur war dabei keine Scheibe zu Bruch gegangen.

»Hereinspaziert«, sagte Papa und gnarzte. Ich war mir sicher, dass es ein *Noch-mal-gut-gegangen*-Gnarzen war.

ALS ICH IN DEM UNTEREN STOCKBETT in der Dienstbotenwohnung der Villa lag, lauschte ich dem Sturm draußen. Nur diese wenigen kleinen Kammern waren in dem alten Haus einwandfrei bewohnbar. Schlafen konnte ich nicht, denn mir fiel eine weitere Schuld ein, die sicher schlimmer war als Abschreiben und Flunkern. Etwas, das vielleicht dazu führte, dass meine Seele eines Tages ebenso wie viele andere Gespenster auf der Erde bleiben musste.

Mit zerzaustem, nassem Haar würde ich herumlaufen. Den Menschen, die sich natürlich fast zu Tode erschrecken, würde ich die geöffnete Hand hinhalten, in der eine Goldmünze lag. Unter mir würde sich immer eine Lache aus Regenwasser bilden. Die Leute würden am nächsten Tag schwören, dass der feuchte Fleck von diesem Mädchen mit der Goldmünze stammte. Alle anderen, die mich nicht gesehen hatten, würden die Leute, die das behaupteten, für verrückt erklären. Das passierte nämlich oft. Leute, die Gespenster sahen, wurden von Leuten, die nicht über diese Fähigkeit verfügten, verspottet.

Die Goldmünze. Um sie ging es. Die sehr wertvolle Goldmünze. Sie war so wertvoll, dass wir eigentlich nicht in einem Zelt im Garten hausen mussten. Aber nicht wertvoll genug, um die Villa zu retten, das war mir klar. Trotzdem hätte ich sie meinen Eltern geben müssen und behaupten sollen, dass ich sie im Haus gefunden hätte.

Ich trug sie bei mir, seit dem Augenblick, in dem ich Aurora – oder besser gesagt ihrer unruhigen Seele – ins Jenseits verholfen hatte. Die arme Aurora, Tochter eines italienischen Herzogs aus dem 15. Jahrhundert, hatte angeblich ihren Bräutigam in der Hochzeitsnacht vergiftet, was sich als eine falsche Verdächtigung herausstellen sollte. Ihre Seele hatte sich jedoch 500 Jahre lang im Diesseits verirrt, ein schreckliches Schicksal. Bis ich ihr geholfen und sie mir das Goldstück als Lohn dafür überreicht hatte.

Das nämlich war die Aufgabe meiner Urgroßschwiegercousine vierten Grades, Emilie Bauerfeind, gewesen: die Pforte ins Jenseits zu bewachen. Nun war es zu meiner Aufgabe geworden. Denn ich allein war die Erbin des ganzen ziemlich maroden Hauses, von dem Bobbyboy befürchtete, dass es sicher bald umkippte.

Tat es aber nicht, schon seit mehr als 200 Jahren stand die Villa wackelig, aber sicher an ihrem Platz.

Das musste sie auch.

Ohne die Villa hätte es nämlich auch die Pforte nicht gegeben. Die Pforte ins Jenseits für alle unschuldigen Seelen, die beim ersten Versuch den Übergang nicht geschafft hatten und deshalb als Gespenster oder Spukerscheinungen vielfacher Art zurückgeblieben waren.

Darüber hatte ich schon viel gelernt, teilweise aus dem *Handbuch der Spukerscheinungen von 1849 in der vollständig überarbeiteten Auflage von 1923 mit 37 Bildtafeln und einer völlig neuen Klassifizierung der Geistwesen*. Das Werk mit dem langen Titel hatte ich in der Bibliothek des Hauses gefunden. Außerdem wusste der Nachbarjunge Hotte eine ganze Menge über dieses Thema. Er war nicht nur Freiherr, sondern auch Geisteraufspürer.

Und von den Herren Schöngeist und Geistreich, die in Notfällen den Hüterinnen der Pforte ins Jenseits zur Seite standen, hatte ich ebenfalls noch einiges über die Arbeit an dieser Pforte gelernt. Sie standen mir mit Rat und Tat zur Seite, wenn sie nicht gerade wichtigere Aufgaben an den übrigen Pforten zu erledigen hatten oder Angriffe des Einäugigen abwehren mussten.

Erasmus und Lodovico, wie die Herren mit Vornamen hießen, gefiel es nicht sehr gut, dass nun ein elfjähriges Mädchen die Pförtnerin sein sollte, aber Emilie Bauerfeind hatte mich auserwählt. Wenn ich ehrlich sein soll, konnte das auch daran gelegen haben, dass ich die einzige weibliche Nachfahrin war. Nach Emilies Überzeugung hatten nur Frauen die Kraft, diese anstrengende, verantwortungsvolle und nicht ganz ungefährliche Aufgabe zu übernehmen.

Bei jedem Übertritt auf die andere Seite musste die Spukgestalt für die Passage bezahlen. In den vergangenen Jahrhunderten war das oft ein Goldstück gewesen. Man konnte sich den Übergang nicht erkaufen, die Bezahlung diente vielmehr dazu, dass die Pförtnerinnen ein unabhängiges Leben mit einem ordentlichen Auskommen führen konnten.

Die Aufgabe war anspruchsvoll und zehrte an den Kräften, was ich schon beim ersten Mal am eigenen Leib zu spüren bekommen hatte. Tagelang hatten mich Kopfschmerzen geplagt, sodass ich vor Schwindel kaum die Treppe hinuntergehen konnte.

Mir war klar: Ich musste so bald wie möglich das Goldstück ganz und gar zufällig finden. In irgendeiner Schatulle, in der ich die Münze vorher natürlich verstecken würde.

Oder sollte ich doch lieber warten? Vielleicht bis Hotte und sein Onkel von ihrer Reise nach England zurückgekehrt waren?

Eigentlich hieß Hotte mit vollem Namen Horst Friedrich Karl Hippolytus von Mengenfeld Freiherr zu Blankenburg. Weil man aber beim Aufsagen eines solchen Namens zwischendurch einschlief oder vergaß, was man sagen wollte, nannten ihn alle Hotte. Außerdem waren die von Mengenfeld zu Blankenburgs vollständig verarmt, da passte Hotte besser. Ärmer als Hotte und sein Onkel Karl war eigentlich in ganz Kohlfincken nur eine Familie.

Wir. Die Bowers.

Wie gesagt, die Goldstück-Sache ließ mir keine Ruhe. Doch die Entscheidung, endlich etwas zu unternehmen, wurde mir schon am nächsten Tag abgenommen.

Ein Job wird gesucht und gefunden

»Die Idee mit dem Zelt war gar nicht so schlecht und romantisch war sie auch«, meinte Mama am nächsten Morgen. Sie strahlte in die Runde der drei missmutigen Gesichter am Frühstückstisch. »Und mehr als einen derartigen Sturm werden wir wohl nicht haben in diesem Jahr.«

In dieser Hinsicht war ich mir nicht so ganz sicher, denn ich hatte mich schon in der Nacht gefragt, ob wir dieses Unwetter vielleicht dem Einäugigen zu verdanken hatten. Es hatte zwar wie ganz normales obermieses Wetter gewirkt. Wie ein tüchtiges Sommergewitter und nicht wie ein ektoplasmatischer Sturm, aber meine Erfahrungen mit dem Kerl aus dem Dunklen Jenseits hielten sich noch in Grenzen. Zu was er alles in der

Lage sein konnte, wusste ich nicht, außer dass Erasmus Schöngeist und Lodovico Geistreich mich gewarnt hatten: »Er ist zu allem fähig«, hatten die gesagt. Ich musste möglichst bald mit den beiden sprechen, um mehr über den Einäugigen herauszufinden.

»Fahren wir jetzt nach Hause?«, quengelte Bobbyboy. Er gab es einfach nicht auf. Seine Hoffnung, dass wir wieder nach New York zurückkehren würden, war noch nicht gestorben.

Papa bestach ihn mit einem Pfannkuchen, auf den er eine sehr dicke Schicht Schokoladencreme schmierte. Darauf zauberte er mit zwei Erdbeeren und einer Banane ein lachendes Gesicht. Weintrauben markierten die Nasenlöcher und zwei Apfelscheiben die Ohren. Er verstellte die Stimme, sodass er wie eine quietschende Trompete klang, und sang: »*Come, Mister tally man, tally me banana. Daylight come and me wanna go home.*«

Mama lächelte ihn verliebt an. Dieses Lied hatte Papa gesungen, als meine Eltern sich in einer Bar in New York kennengelernt hatten. In ihren Augen sah ich jedoch, dass sie sich wirklich Sorgen machte.

»Wir könnten uns einen alten Wohnwagen besorgen. Oder vorübergehend eine kleine Wohnung mieten. Dann suchen Papa und ich uns Arbeit und dann ...« Ihr Wortschwall versiegte. Vielleicht war ihr aufgefallen, wie schwierig das alles zu verwirklichen war.

Papa konnte sechs Instrumente spielen, und das hatte er dreimal in der Woche in einem New Yorker Nachtclub getan. Leider gab es keine Nachtclubs in Kohlfincken. Es gab nicht einmal eine Kneipe oder ein Café, in dem er spielen konnte.

Mama hatte in der Überwachungszentrale der New Yorker U-Bahn gearbeitet und den ganzen Tag auf eine riesige Schalttafel mit Unmengen von Linien aus unterschiedlich farbigen

Lämpchen gestarrt. Mit ihren Kollegen sorgte sie dafür, dass keine U-Bahnen zusammenstießen und es möglichst wenige Verspätungen gab. Kohlfincken hatte vier Bushaltestellen, die von drei Linien angefahren wurden, aber nur während der Schulzeiten. In den Ferien und abends war es nur eine Linie. Nachts fuhr gar kein Bus.

Als hätte sie meine Gedanken gelesen, sagte Mama: »Papa kann Musikunterricht geben und ich …«, wieder kam sie ins Stocken, »… ich suche mir eine Stelle … irgendwo … also, vielleicht in einem der Läden oder so. Wir kriegen das schon hin.«

Das wäre doch gelacht, dachte ich.

»Das wäre doch gelacht«, sagte Mama, machte aber ein Kalter-Kaffee-Gesicht. Sie hasste kalten Kaffee. Dann schlug sie die Hände ineinander und fragte: »Wer hilft mir beim Abwasch?«

Bei dieser Frage geschieht in der Familie Bower immer etwas Eigenartiges. Mindestens zwei Personen lösen sich in Luft auf, und das sind mein Bruder und mein Vater. Ich habe noch nicht herausgefunden, wie sie das anstellen, aber beide verschwinden so schnell vom Esstisch, dass man glauben könnte, jemand habe sie weggezaubert.

»Melli, du *musst* nicht«, sagte Mama, denn auch an diesem Tag machten die beiden Verschwindibutzki. »Ich hole die Halunken zurück und dann –«

»Schon in Ordnung«, sagte ich. »Ich helfe gerne.«

Das war eine glatte Lüge, aber gemeinsames Spülen war immer schon eine gute Gelegenheit, schwierige Dinge anzusprechen. Wenn es brenzlig wurde, konnte man beim Abtrocknen eine Tasse fallen lassen oder sich in ganz verzwickten Fällen beim Spülen in den Finger schneiden. Vielleicht war das eine Gelegenheit, das Gespräch auf die Goldmünze zu bringen.

Mama warf mir das Geschirrtuch zu. »Du bist ein Schatz«, sagte sie.

Um einen Schatz sollte es gehen, das war richtig. Aber nicht um mich.

Mama plauderte, überlegte, in welche Läden im Ort sie gehen konnte, um sich einen Job zu suchen. Sie erzählte mir von der Schule, die wir vor ein paar Tagen besichtigt hatten und in die ich nach den Sommerferien gehen sollte. Sie schlug vor, bald einen Ausflug zu den Seen in der Gegend zu machen, und plapperte und plapperte. Wenn Mama wie ein Wasserfall redet, kann man meistens sicher sein, dass sie alle schwierigen Themen mit diesem Schwall wegspülen will. Als sie die Pfanne, in der Papa die Pfannkuchen gemacht hatte, ins Wasser tunkte, gelangte sie bei Weihnachten an.

»… können wir uns im Wald selbst einen Weihnachtsbaum schlagen, das ist doch toll, oder? In New York ginge das nicht. Wir müssen uns mal auf die Suche nach dem Weihnachtsschmuck machen. Die gute alte Emilie besaß ganz bestimmt wunderschöne altmodische Kugeln.«

Nach dem Weihnachtsschmuck suchen. Das war ein gutes Stichwort.

Mama seufzte und schrubbte den letzten eingetrockneten Rest des Teigs von der Pfanne.

»Vielleicht finden wir ja etwas Wertvolles«, nutzte ich die kurze Pause.

»Wo finden wir was?«, fragte Mama.

»Wenn wir nach dem Weihnachtsbaumschmuck suchen. Und überhaupt …«, sagte ich. »In einem so alten Haus gibt es doch bestimmt wertvolle Dinge, vielleicht Juwelen oder eine Sammlung seltener Briefmarken, die wir verkaufen können.«

Eigentlich wollte ich noch sagen: *Oder Münzen, vielleicht hat jemand welche gesammelt und wusste gar nicht, wie wertvoll sie sind.* Aber dazu kam ich nicht.

»Süße, mach dir keine Gedanken!« Mama warf die Spülbürste

ins Wasser und trocknete sich mit größter Entschiedenheit die Hände ab. »Wir gehen jetzt in die City, bummeln ein bisschen durch die Läden und hören uns nach einem Job für mich um.«

Wenn Mama mich *Süße* oder sogar *Kindchen* nennt, obwohl sie weiß, dass ihre fast zwölfjährige Tochter das hasst, ist Vorsicht geboten. Und wenn sie Dinge sagt wie »Mach dir keine Gedanken!«, macht sie sich ganz sicher welche, und zwar keine guten. Übersetzt heißt das nämlich: *Ich mache mir ziemlich große Sorgen, aber das sollt ihr Kinderchen nicht wissen.*

Wir zogen also los, *in die City*, wie Mama es ausgedrückt hatte. Sogar wenn man extrem langsam bummelte, hatte man die City von Kohlfincken in maximal sieben Minuten durchquert. Fünf Minuten könnte man noch herausschinden, wenn man am Schaufenster von *Schindlgrubers Angelparadies* stehen bliebe und all die Angelhaken und die neuesten Sonderangebote für Köder – lebende und getrocknete – anschaute.

Außer diesem Geschäft gab es in Kohlfincken noch vier Läden: eine kleine Poststelle mit Schreibwarenverkauf, eine Metzgerei, eine Bäckerei, einen Lebensmittelladen, dessen Sortiment mehr oder weniger komplett in den Kühlschrank unserer Wohnung in New York gepasst hätte. Und einen Friseur, der auf einem Plakat mit topmodischen Frisuren für den Herrn und die Dame warb.

Mama blieb davor stehen und seufzte. »So hat deine Oma die Haare getragen. Bevor ich geboren wurde.«

Sie hatte recht. Ich hatte es schon auf Familienfotos gesehen, die genauso vergilbt waren wie das Plakat.

Zwei Häuser weiter hellte sich Mamas Miene auf. »Hurra«, rief sie, »schau dir das an!«

Das Ferkel lächelte mich an, obwohl es keinen Grund zur Freude hatte. Es war nicht nur tot, sondern trug auch noch einen Apfel im aufgesperrten Maul. Ich hatte noch nie in meinem bisherigen Leben ein Spanferkel gesehen und wusste gleich, dass ich auf keinen Fall jemals auch nur ein winziges Stückchen davon essen würde.

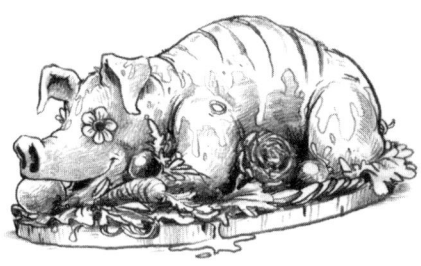

Der Rest der Auslage im Schaufenster der Metzgerei *Rackermann & Söhne* wirkte neben diesem armen, knusprig gebratenen Schweinchen kaum noch so erschreckend und blutig, wie er war: Blutwurst und Kochschinken, Schnitzel und Hackfleisch, Puten ohne Kopf und Rollbraten mit Kruste – alles das und noch viel mehr konnte man hier kaufen.

Warum Mama »Hurra« gerufen hatte, lag nicht an der Wurst und dem Fleisch in der Auslage und schon gar nicht an dem Spanferkel. Es lag an dem Zettel, der mit ein paar Streifen Klebeband am Fenster befestigt worden war. *Aushilfe gesucht! DRINGEND!!!* stand in blutroten Buchstaben darauf.

»Ich habe es doch gesagt«, sagte Mama. »Alles wird gut.«

»Äh, Mama ...« Ich wusste nicht genau, wie ich es sagen sollte. Auf keinen Fall wollte ich eine Spielverderberin sein oder Mamas gute Laune zerstören, aber es musste raus: »Du bist doch Vegetarierin.«

»Na und?«, entgegnete Mama. »Ich muss die Tiere ja nicht essen.«

»Aber vielleicht schlachten?«, gab ich zu bedenken.

Mama grübelte kurz. »Schlachten ... hm ...«, murmelte sie. »Fragen geht über Verzagen«, beendete sie den kurzen Augenblick des Nachdenkens, und schon klingelte die Türglocke, als Mama den Laden betrat.

»AAAAAAH«, schrie eine ziemlich fleischige Frau hinter der Theke, die uns den Rücken zugewandt hatte. Sie riss die Arme in die Höhe und schleuderte mit links eine wabbelige Wurst durch den Laden, mit ihrer rechten Hand pfefferte sie eine Handvoll rötlicher Fleischpaste unter die Decke. Der Klumpen blieb dort oben kleben.

»Haben *Sie* mich erschreckt«, keuchte die Metzgersfrau, die mit ihren roten Wangen und den stämmigen Unterarmen gar nicht so schreckhaft aussah. In ihren Augen flackerte jedoch etwas, das mir eine Warnung hätte sein sollen.

»Ich dachte, es ginge schon wieder los«, flutschte ihr noch ein Satz heraus, der ihr jedoch peinlich zu sein schien. »Ach, egal«, murmelte sie.

Sie stand an einem Gerät, in das sie auf der einen Seite Fleischpaste füllte. Auf der anderen Seite kam diese wieder aus einem Rohr heraus und wurde in einen dünnhäutigen Schlauch gepresst. Dann legte Frau Rackermann die fabrizierte Wurst zu einem Kringel zusammen. Neben der Maschine lag schon ein Stapel solch gekringelter Bratwürste, die jeweils von einem Holzspieß in Form gehalten wurden.

Die Frau wischte sich mit dem Arm eine Haarsträhne aus der Stirn. Sie atmete tief durch und fragte dann sehr freundlich: »Was darf es sein? Ein paar von den 1a Rackermann Kringelwürsten? Frischer geht's nicht!« Immer wieder warf sie dabei einen ängstlichen Blick nach hinten in die anderen Räume der Metzgerei.

»Im Moment nicht, vielen Dank«, sagte Mama. »Ich komme wegen der Stelle.« Sie deutete auf den Zettel im Schaufenster.

»Oh ja, wunderbar«, sagte die Frau hinter dem Tresen. Ein kurzes Strahlen huschte über ihr Gesicht. »Sie sind eingestellt.« Mama schaute mich überrascht an. Ich schaute überrascht zurück. *Das ging aber schnell*, dachten wir wohl beide.

»Ich bin Isolde Rackermann«, stellte sich die Frau vor. Sie stapfte um die Theke herum, tätschelte einmal kurz meinen Kopf und ergriff Mamas Hand, um sie darauf eine Weile nicht mehr loszulassen. »Ich zahle, was Sie wollen. Möchten Sie vielleicht zum Einstand ein Fleischwurstbrötchen? Oder eine Portion Leberkäse mit Spiegelei? Oder eine Bulette mit Senf? Zur Stärkung? Es ist wichtig, dass man sich ordentlich stärkt. Es ist gut für die Nerven«, brach es aus ihr hervor.

»Äh, ich esse eigentlich kein Fleisch«, stammelte meine Mutter. Isolde Rackermann hatte etwas Furchteinflößendes. Ich spürte, dass sie Mama unheimlich war.

»Das macht gar nichts«, sagte Frau Rackermann. »Sie müssen es den Kunden ja nicht auf die Nase binden, das wäre nicht gut fürs Geschäft.« Bei diesem Satz brach sie in Tränen aus. Sie nahm ihre mit Fleischpaste beschmierte Schürze und verbarg das Gesicht darin. »Wenn wir noch Kunden hätten«, schniefte sie hinter der Schürze hervor. Als sie den Stoff wieder herabsinken ließ, klebte etwas Hackfleisch an Frau Rackermanns Stirn.

Mama starrte Frau Rackermanns Stirn an. Frau Rackermann starrte ins Nichts. Stille.

Ich hörte und spürte es in diesem Moment gleichzeitig. Zuerst ein Sausen und Brausen. Dann ein kalter Luftzug. In der Metzgerei war es sowieso recht kühl, aber das, was nun durch den bis unter die Decke gekachelten Verkaufsraum strich, war eine ganz spezielle Art von Kälte, die ich bereits kannte. Viele Erfahrungen hatte ich damit noch nicht, aber sie reichten aus.

Ich war mir sicher, dass auch Isolde Rackermann es bemerkt hatte, denn sie warf wieder einen ängstlichen Blick zu der schweren Tür mit dem ebenso massiven Griff, der fast die Länge meines ganzen Arms hatte und den Kühlraum verschloss. Das Sausen und Brausen formte sich zu einer Silbe. »Ka-aaalt ...«, konnte ich deutlich verstehen.

»Es ist ein wenig frisch hier«, sagte Mama. »Morgen bringe ich mir eine Strickjacke mit. Ich kann doch morgen schon anfangen?«, wandte sie sich an Frau Rackermann.

Statt zu antworten, fing Frau Rackermann furchtbar schief und laut zu singen an. »*Mild und leise wie er lächelt, wie das Auge hold er öffnet*«, schmetterte sie los. »*Seht ihr's, Freunde? Seht ihr's nicht?*« Sie traf kaum einen Ton.

Mama und Papa hatten mich mal in die Oper geschleppt. Und so ähnlich klang es. Der schrille Gesang war mir in Erinnerung geblieben, beeindruckender hatte ich jedoch gefunden, wie lange eine Opernsängerin ihre Arien schmettern konnte, während sie auf der Bühne von einem eifersüchtigen Liebhaber erwürgt wurde.

Frau Rackermann sang weiter, schob dabei gleichzeitig Mama und mich zur Tür hinaus. »*Immer lichter wie er leuchtet, sternumstrahlet hoch sich hebt*«, schrillte das Lied aus ihrem Mund. »Ja, morgen. Kommen Sie morgen ...«

»... hab's ... veeeersprochen ...«, hörte ich noch aus dem Sausen und Brausen heraus, bevor die Ladentür hinter uns ins Schloss fiel. Von draußen konnten wir sehen, wie Frau Rackermann uns überfreundlich zuwinkte, den Schlüssel herumdrehte und eine Jalousie herunterließ. Ein Schild mit einem fröhlich winkenden Schweinchen darauf baumelte an der Scheibe. *Bin gleich wieder da!*, stand darauf.

Eine Dame unter Verdacht

Während Mama vor Freude fast Luftsprünge machte, ging mir auf dem Weg nach Hause unser Besuch in der Metzgerei nicht aus dem Kopf: das sonderbare Verhalten von Isolde Rackermann, aber noch mehr das, was ich gefühlt und gehört hatte. Es erinnerte mich zu sehr an die ersten Male, als Aurora oder besser: als der Geist des italienischen Mädchens mir erschienen war.

Das Sausen und Brausen, der kalte Luftzug und vor allem die Wortfetzen. »Ka-aaalt …!«, hatte ich gehört und »… hab's … veeeersprochen …«

Und ich war mir ziemlich sicher, dass Frau Rackermann es auch gehört hatte. Ihr schrecklich schiefer Versuch, eine

Opernarie zu singen, diente nur dazu, die geheimnisvollen Worte zu übertönen. Ihre ständigen, unsicheren Kontrollblicke zum Kühlhaus hatten sie verraten.

Hielt sie jemand dort drinnen gefangen oder hatte sie – und das schien mir viel wahrscheinlicher – einen ungebetenen Besucher im Haus? Einen Besucher, der den Weg ins Jenseits nicht gefunden hatte?

Zu Hause machte sich Mama gleich auf die Suche nach Papa, um ihm die gute Nachricht so schnell wie möglich zu überbringen. Sie hatte einen Job gefunden, jetzt würde alles gut.

Ich schlich in den Blauen Salon. Dieses Zimmer war das einzige in der Villa, das meine Urgroßschwiegercousine in Ordnung gehalten hatte. Hier befand sich ihr großes, von einem blauen Baldachin überspanntes Bett. Außerdem hatten dort all ihre Erinnerungsstücke einen Platz in Vitrinen und Regalen gefunden. Hier verwahrte sie auch die Notizbücher, in die sie und die bisherigen Hüterinnen der Pforte eingetragen hatten, welche Geister und Gespenster sie hinüber ins Jenseits geleitet hatten.

Ich lauschte, ob Bobbyboy irgendwo herumspukte. Seit er sich an all die ausgestopften Tiere und Geweihe in der Eingangshalle und all die Vitrinen mit getrockneten Insekten gewöhnt hatte, nutzte er jede Gelegenheit für Entdeckungstouren im Haus. Nur der mottenstichige Bär Fridolin auf dem Treppenabsatz war ihm immer noch nicht geheuer. An dem flitzte er in Höchsttempo vorbei und hinauf in den ersten Stock. Der Zutritt zum Blauen Salon war ihm verboten, aber ich war mir sicher, dass er sich nicht daran hielt.

Mir war klar, dass ich besser die Nacht hätte abwarten sollen, wenn alle im Haus schliefen, aber meine Neugier war einfach zu groß: Ich entschied mich, Erasmus Schöngeist und Lodovico Geistreich herbeizurufen.

Ich hatte noch nicht herausgefunden, welche Aufgabe diese beiden Herren wirklich erfüllten und inwieweit sie mir bei meiner Arbeit mit den Geistern helfen konnten, aber sie waren im Moment die Einzigen, mit denen ich offen sprechen konnte.

»Erasmus, wenn du mich hörst, komm bitte her und hilf mir!«, flüsterte ich.

Nichts passierte.

»Lodovico, ich brauche deine Hilfe«, sagte ich ein wenig lauter.

Als sich auch daraufhin nichts rührte, sagte ich laut und deutlich: »Lodovico, Erasmus – bewegt euren Allerwertesten hierher!« Das klang wenig vornehm, aber Erasmus Schöngeist hatte selbst einmal gesagt, dass man ihnen beiden gelegentlich einen kleinen Schubs geben musste. Ich hatte Erfolg damit.

»Erster!«, hörte ich Lodovico Geistreich rufen, bevor ich ihn sehen konnte. Eine Sekunde später sah ich den ersten blassen Schimmer seiner Gestalt erscheinen. Anfangs war er noch fast durchsichtig, dann wurden zuerst seine Umrisse schärfer, bis der Herr im hellblauen Anzug komplett vor mir stand. In der einen Hand hielt er weiße Handschuhe und einen weißen Hut mit Krempe, in der anderen einen Spazierstock. Schneeweiße, perfekt gescheitelte Haare umrahmten sein zerknittertes Gesicht.

»Die Letzen werden die Ersten sein«, hörte ich nun die betont gleichgültige Stimme von Erasmus Schöngeist.

Genau wie sein Freund und Kollege erschien Erasmus nicht mit einem Schlag, sondern setzte sich langsam wie aus einem zarten Nebeldunst zusammen. Seine Gesichtshaut war längst nicht von so vielen Fältchen durchzogen, aber genauso blass wie die von Lodovico. Mindestens siebzig oder achtzig Jahre alt war er, vielleicht auch ein paar Jahre mehr – zum Zeitpunkt seines Todes. Über dem dicken runden Bauch des kleinen Mannes spannte eine Weste mit einer schweren Uhrkette, die in einer der Taschen verschwand. Er trug eine Lesebrille vorne auf der kugeligen Nase, überhaupt schien alles an ihm kugelig zu sein. Nur der Gänsekiel steckte spitz und lang und an den Federn etwas ausgefranst hinter seinem rechten Ohr.

»Darauf kannst du lange warten, mein Lieber. Pah! Die Letzten bleiben die Letzten!« Lodovico pikste Erasmus in die Seite.

»Hör auf, mich zu stupsen, ich hasse das.«

»Du hättest vor deinem Ableben auf das ein oder andere Sahnetörtchen verzichten sollen. Die Schweinshaxen und der Rotwein haben das ihrige getan, da gerät man selbst in unserem Zustand aus der Puste.«

»Aus der Puste?«, schnaubte Erasmus. »Dir mache ich —«

»Ein neuer Besucher ist aufgetaucht«, unterbrach ich die beiden, bevor die Sticheleien in einen handfesten Streit ausarteten.

Augenblicklich herrschte absolute Stille.

Die beiden Herren starrten mich an. »Ein Neuzugang?«, sagten sie wie aus einem Mund.

Ich nickte. Eigentlich war ich mir gar nicht sicher, und ich wusste, dass die beiden Herren einiges zu tun hatten, schließlich war die Pforte in Emilies Villa nicht der einzige Übergang ins Jenseits. Aber bei unserem letzten Treffen hatten sie mir eingeschärft, dass ich sie sofort rufen sollte, wenn in der Villa etwas Seltsames passierte. Besonders, weil wir damit rechnen mussten, dass der Einäugige keine Ruhe geben würde. Ganz sicher würde er noch mal versuchen, die Villa und damit die Pforte unter seine Kontrolle zu bekommen.

»Macht er Probleme?«, fragte Erasmus Schöngeist.

Der Tonfall, in dem er die Frage stellte, sprach für sich. Er war genervt, vielleicht hatte ich die beiden bei einer wichtigen Sache gestört.

Ich schüttelte den Kopf. »Das kann man so nicht sagen, noch nicht.«

»Was soll das heißen?«, fragte Erasmus Schöngeist ungeduldig.

»Nun sei doch ein wenig netter zu der Kleinen«, ermahnte Lodovico Geistreich ihn. »Das Mädchen kann doch nichts dafür. – Erasmus ist in Budapest eine Sache mit einem Poltergeist danebengegangen. Mein Freund neigt in solchen Fällen dazu, seine schlechte Laune an anderen auszulassen«, wandte er sich mir zu.

»Ich habe keine schlechte Laune und ich bin nicht dein Freund«, blaffte Erasmus zurück.

Ich musste grinsen. Die beiden sonderbaren Herren brauchten wohl nie länger als ein paar Minuten, bis sie sich in die Haare kriegten.

Lodovico Geistreich lehnte sich an den alten Schreibtisch meiner Urgroßschwiegercousine und polierte sich die Fingernägel am Revers seinen Jackett s. »Also, nun in aller Ruhe. Um welche Art von Besucher handelt es sich denn? Männlich oder weiblich?«

Ich zuckte die Achseln.

»Ah, dann ist es nur eine schemenhafte Erscheinung? Oder ein gespenstiges Geräusch?«

»Nein, oder besser: Ich weiß es nicht.«

»Wo hält er oder sie sich denn versteckt? Habt ihr schon miteinander gesprochen? Hier im Zimmer?« Erasmus Schöngeist hatte sein Schmollen beendet. Er schaute sich neugierig um. Dann ging er hinüber zum Kamin, beugte sich tief hinein und schaute hinauf. »Hallo?«, rief er in den dunklen Schacht. Statt einer Antwort rieselte nur ein bisschen Ruß hinab.

Ich musste wohl mit der Wahrheit herausrücken.

»Genau genommen ist der Besucher nicht direkt hier«, sagte ich.

»Also unten im Haus? In der Halle? In der Küche? Garage?

Schuppen?«, fragte Lodovico. »Sie suchen sich oft die merkwürdigsten Orte aus. Neulich hat sich ein kopfloser Ritter auf der Herrentoilette eines Nonnenklosters versteckt. Nun ja, der Herrenabort wird dort ziemlich selten benutzt, deshalb blieb er lange Zeit unentdeckt ...«

»Wertester Kollege«, unterbrach Erasmus ihn. »Diese Geschichte ist im Moment nicht von Belang. – Wo im Haus hält sich das Gespenst auf?«, fragte er mich.

»Nicht direkt im Haus, genau genommen gar nicht in diesem Haus, sondern in der Metzgerei *Rackermann & Söhne* unten im Dorf.«

Erasmus Schöngeists Augen weiteten sich. »Ein Frischling?«

Ich schaute die beiden Männer verständnislos an.

Lodovico erklärte es mir. »Ein Frischling ist ein ganz frisches Gespenst, also die Seele von jemand, der gerade eben erst verstorben ist. Gab es einen Todesfall in der Metzgerei?«

Einen kurzen Augenblick musste ich nachdenken. Von einem Todesfall hatte ich nichts gehört. So etwas sprach sich in einem kleinen Ort wie Kohlfincken eigentlich sofort herum. »Ich glaube nicht ...«, sagte ich schließlich.

»Du glaubst es nicht?«, fragte Erasmus.

»Es hat keiner etwas von einem Toten erzählt. Die Metzgersfrau war ein bisschen seltsam ...« Ich erzählte den beiden von Mamas und meinem Besuch in der Metzgerei, dem Sausen und Brausen, wie Frau Rackermann gesungen hatte und dass ich glaubte, Stimmen gehört zu haben. Stimmen, die aus dem Kühlhaus kamen.

»Vielleicht hat sie ihren Mann um die Ecke gebracht und nun spukt der Metzgermeister in seinem eigenen Kühlhaus«, vermutete Lodovico. Er betrachtete seine Fingernägel. »Furchtbar. Seit meinem Todestag poliere ich schon an den Dingern herum und – nichts! Sie bleiben stumpf und unansehnlich.«

Erasmus stöhnte genervt. »Lodovico, du weißt genau, dass wir an uns nichts mehr verändern können. Du eitler Gockel bist 97 Jahre gut mit deinen Fingernägeln klargekommen.«

»In meinen Kreisen legte man großen Wert auf gepflegte Fingernägel«, gab Lodovico zurück.

Erasmus achtete nicht weiter auf ihn. »Am besten erkundest du die Lage erst einmal, Melli. Wenn die Dame ihren Gatten mit dem Fleischermesser erledigt hat, wird er keine Ruhe geben, bis sein Tod gesühnt wurde.«

»Vielleicht hängt die Leiche noch im Kühlhaus?!«, sagte Lodovico.

Mir lief ein eisiger Schauer über den Rücken. Was für ein schrecklicher Gedanke. Während wir mit Frau Rackermann geplaudert hatten, baumelte vielleicht Herr Rackermann tiefgekühlt im Kühlhaus. Und noch viel schlimmer war, dass Mama morgen dort ihren ersten Arbeitstag hatte.

»Lodovico, hör auf«, schimpfte Erasmus. »Das Kind verliert ja alle Farbe. Guck nur, sie sieht fast aus wie wir.«

»So oder so«, sagte Lodovico. »Du musst erst einmal die Lage erkunden. Nimm doch deinen kleinen Dingsbums mit, diesen Freiherr mit der riesigen Dogge.«

Daran hatte ich auch schon gedacht. Gespenster und Spukgestalten aller Art waren Hottes Leidenschaft, er schrieb sogar ein Buch darüber. Außerdem verfügte er über allerlei Geräte, mit denen er Geister aufspüren und sogar Bilder von ihnen anfertigen konnte. Da ich das Talent, solche Besucher zu sehen und zu hören, von meiner Urgroßschwiegercousine geerbt hatte, war ich darauf nicht angewiesen. Doch ohne Verstärkung würde ich sicher nicht auf Gespenstersuche in die Metzgerei gehen. Weniger wegen des Gespenstes, das dort möglicherweise hauste, als wegen Isolde Rackermann und ihrem Hackebeil.

»Hotte ist mit seinem Onkel in England, er kommt erst nächste Woche zurück.«

»Na, so viel Zeit muss dann eben sein«, sagte Erasmus. »Wenn du Genaueres weißt und *wirklich* ein Problem hast, kannst du uns gerne wieder rufen. Ein bisschen was musst du schon alleine erledigen. Ach, was sage ich! Nicht ein bisschen was, sondern das allermeiste. Adiós! Arrivederci! Auf Wiedersehen!«

Vor meinen Augen löste er sich in Luft auf.

Lodovico hob bedauernd die Schultern. »Er hat sehr schlechte Laune heute. Nimm's nicht persönlich. Die Sache mit dem Poltergeist ist wirklich blöd gelaufen. In ein paar Tagen ist er darüber hinweg und dann sehen wir weiter. Weißt du, so ein Gespenst läuft einem nicht weg. Ziemlich selten jedenfalls.« Er lachte und verschwand auf demselben Weg wie Erasmus.

Ich spürte die Müdigkeit, die mich immer nach einem Zusammentreffen mit Gestalten wie Erasmus und Lodovico befiel. Noch schlimmer war es, wenn sie einem richtig auf die Pelle rückten, wie es der Einäugige getan hatte. Nach dieser Begegnung hatte ich drei Tage geschlafen und mich gefühlt, als hätte mich die schlimmste Grippe der Welt heimgesucht.

Ich machte es mir auf dem Sofa bequem, lehnte mich zurück und schloss die Augen. Ein kleines Nickerchen, mehr nicht, nahm ich mir vor.

Etwas Nasses wischte durch mein Gesicht. Es schlabberte und schmatzte. Und es roch nicht gut. Um genau zu sein: Es stank, sehr stark sogar.

Als ich das erste Auge öffnete, war es verklebt und ich sah nur durch einen Schleier. Um mich herum verschwamm alles, auch mit dem zweiten Auge sah ich nicht deutlicher. Mehr als einen dunklen Fleck und einen hellen Fleck direkt vor meinem Gesicht konnte ich nicht erkennen.

Ein Auge. Das war ein Auge. Genau *ein Auge, nicht zwei*.
Der Einäugige, das musste er sein, er war tatsächlich zurückgekommen.

Die erste Begegnung mit ihm hatte auch hier im Blauen Salon stattgefunden, und wenn ich nur daran dachte, lief mir ein eisig kalter Schauer über den Rücken. Die lange schwarze Zigarette, deren Rauch er nicht aus seinem Mund oder seiner Nase gepustet hatte, sondern aus den Ohren. Der pechschwarze Frack. Sein Gesicht war hager, seine Lippen schmal. Sein rechtes Auge funkelte grün, das andere wurde von einer schwarzen Augenklappe bedeckt.

Meine Aufgabe war es, den Seelen der verstorbenen Menschen, die als Spukgestalten und Gespenster auf der Erde festgehalten wurden, den Übergang in die andere Welt zu ermöglichen. Er hingegen versuchte, diese Geister ins Dunkle Jenseits zu zerren, einen Ort des ewigen Leids, wie Erasmus mir erklärt hatte. Der Einäugige war sozusagen ein Kopfgeldjäger für Gespenster. Je mehr er von ihnen einfing, desto länger konnte er selbst hier in unserer Welt, dem Diesseits, bleiben. Das Tückische an ihm war, dass er so ziemlich jede Gestalt annehmen konnte. Bloß eines blieb immer gleich: Er verfügte nur über ein Auge.

»Aaaaaah«, hörte ich mich entsetzt losschreien.
»Roddie!«, rief jemand. »Aus!«
Roddie. Oder mit vollem Namen Roderich von Hallersleben-Mauenstein. Nicht der Einäugige, sondern ein Monstrum von Hund, allerdings das gemütlichste und liebste Hundemonstrum, das ich kannte.

Wo Roddie war, konnte auch Hotte nicht weit sein und umgekehrt. Roddie hatte ein schneeweißes Fell mit großen schwarzen Flecken, einer davon genau über einem seiner Augen. Man konnte auf den ersten Blick leicht glauben, er verfüge nur über eines. Vor allem, wenn Roddie einen mit seiner riesigen Zunge vollgesabbert hatte.

Ich wischte mir mit dem Ärmel durchs Gesicht und schob die Dogge mit dem adligen Namen von mir. Hinter dem Hund kam Hotte zum Vorschein.

»Hotte, was machst du denn hier? Ich dachte, ihr bleibt zwei Wochen in England?«

»Ach, das ist eine komplizierte Geschichte. Wir mussten das Land etwas überstürzt verlassen, weil Roddie sich verliebt hat. Und das ausgerechnet in eine der Lieblingshündinnen von Königin Elisabeth. Er hat sie durch den ganzen Park von Schloss Windsor gejagt.«

»Oh, er hat sich sozusagen in eine Prinzessin verliebt!« Ich musste lachen, auch weil ich mich an ein Bild der Königin mit ihren Hunden erinnerte. Man konnte die Tierchen fast in eine Handtasche stecken, während man für Roddie einen Anhänger brauchte. »Roderich von Hallersleben-Mauenstein heiratet in das englische Königshaus ein! Das ist wenigstens standesgemäß.«

»Onkel Karl sagt, das ist unter unserer Würde. Unser Stammbaum geht viel weiter zurück als der des englischen Königshauses. Mein Onkel ist ein Snob in solchen Dingen, auch wenn wir verarmt sind.«

»Danke, Roddie, du hast alles genau richtig gemacht«, rief ich aus und umarmte Roddie. Die Dogge nutzte die Gelegenheit und schleckte mir noch einmal quer durchs Gesicht. »Sonst säße ich nämlich alleine mit dem Problem hier.«

Hotte schaute mich fragend an. »Problem?«, fragte er. Seine Augen glühten vor Aufregung. Er hatte eine Ahnung, um was es ging.

Nachdem ich ihm von unserem Besuch in der Metzgerei *Rackermann & Söhne* erzählt hatte, war er kaum noch zu halten.

»Ich hole meine Ausrüstung und –«

»Wir können nicht am hellen Tag in den Laden marschieren und Frau Rackermann sagen, dass wir kurz mal nach einem Gespenst suchen müssen«, unterbrach ich seinen Tatendrang. »Schon gar nicht, wenn sie vielleicht die besagte Person gerade eben eigenhändig abgemurkst hat. Heute Nacht, okay?«

»Wann?«

»Um Mitternacht, ist doch klar!«

Hotte lachte. »Treffpunkt Rosengarten!«

Ein Besuch zu später Stunde

DEN ROSENGARTEN UMHÜLLTE EINE DUNKELHEIT, die für unser Vorhaben genau richtig war, auf mich aber auch sehr unheimlich wirkte. Es raschelte im Gebüsch, ich schreckte zusammen und ermahnte mich sofort, nicht zimperlich zu sein. Ich wohnte in einem Haus mit einer Pforte ins Jenseits, die ich zudem auch noch bewachte, da konnte man ein bisschen Nervenstärke erwarten.

Konnte man.

Aber Mitternacht war Mitternacht und tiefschwarze Mitternacht war tiefschwarze Mitternacht. Nun rumpelte und krachte es, jemand rief »Autsch!« und knipste eine Taschenlampe an.

Hotte. Er rieb sich die Stirn, mit der er gegen einen Ast der im Gewitter umgekippten Kastanie gedonnert war.

»Was ist denn hier passiert?«, fragte er und stieß nach meinem Bericht zu dem Unwetter nur noch ein entsetztes »Ui-jui-jui!« aus.

»Wo ist Roddie?«, fragte ich ihn.

»Man kann vielleicht jeden anderen Hund in eine Metzgerei mitnehmen, aber nicht Roddie«, antwortete Hotte.

Es wäre mir recht gewesen, wenn die Dogge uns begleitet hätte. Schließlich wussten wir noch nicht, ob der Geist, den wir in der Metzgerei suchten, nicht zu einem Menschen gehörte, der gerade eben von Isolde Rackermann um die Ecke gebracht worden war. Vielleicht war die Metzgersfrau bereit, dieses Geheimnis mit allen Mitteln zu schützen – zur Not auch mit dem Hackebeil.

Roddies gefährlichste Waffe war allerdings seine schlabbrige Zunge. Er konnte einen mit seinem Sabber ertränken, ansonsten ging keinerlei Bedrohung von ihm aus. Trotzdem: Auf den ersten Blick beeindruckte er die Leute sehr.

Hotte hatte das Ektofokular auf die Stirn geschoben. Es handelte sich um eine Art Nachtsichtgerät, eine Mischung aus einer Brille und einem Miniaturfernglas. Wenn man hindurchschaute, versank alles um einen in Dunkelheit. Ektoplasma, eine Substanz, die Geister und Gespenster absonderten, erschien hingegen grünlich.

»Funktioniert alles?« Ich deutete auf das andere Gerät, das er auf dem Rücken trug.

Der Kasten verfügte über ein ausklappbares Gestell mit drei hölzernen Beinen. Das Objektiv und die Linse ähnelten denen eines Fotoapparats, man benötigte jedoch Bildplatten mit einer speziellen Beschichtung. Damit konnte man Bilder von Geistern aufnehmen. Außerdem diente das Gerät dazu, Geräusche aufzunehmen, und es konnte die atmosphärischen Schwingungen der Spukgestalten aufzeichnen.

»Selbstverständlich funktioniert es«, sagte Hotte. »Ich habe heute Nachmittag noch einmal alles überprüft.«

Wir schlichen uns aus dem Garten und erreichten die Metzgerei über einige Abkürzungen, die Hotte kannte.

Die Jalousien am Schaufenster waren verschlossen, nur an der Seite der Eingangstür konnten wir durch einen schmalen Ritz einen Blick ins Innere werfen. Es war kaum etwas zu erkennen. Die Maschine, mit der die Wurst geschnitten wurde, schimmerte silbrig, ebenso die schweren Haken, an denen tagsüber Fleischwurstringe und Salamistangen hingen.

»Pst, da kommt jemand«, warnte Hotte.

Er geriet mit dem Gerät auf dem Rücken ein wenig ins Schwanken. Ich stützte ihn und schob ihn in die Toreinfahrt neben dem Laden.

Die Schritte auf dem Asphalt näherten sich. Jemand rülpste, etwas klirrte.

»Scho'n plöda Mischt«, lallte jemand leise, sang dann aber plötzlich lauthals: »Mir schauf'n durch bis moin früh …« Der Mann hielt sich mit einer Hand an einem Straßenschild fest und umrundete den Pfeiler. Es war Schindlgruber, der Eigentümer des Angelparadieses.

Direkt über unseren Köpfen riss jemand ein Fenster auf: Isolde Rackermann. Wenn sie sich nur ein paar Zentimeter aus dem Fenster beugte, würde sie uns unter dem schmalen Vorsprung entdecken.

»Schindlgruber. Ruhe! Sonst rufe ich die Polizei«, rief die Metzgersfrau und warf das Fenster so fest zu, dass die Scheiben klirrten.

»Is'cha gut«, maulte der betrunkene Kerl und schaukelte weiter den Weg hinunter.

Hotte und ich warteten, bis er in der Dunkelheit verschwunden war.

»Los jetzt«, flüsterte ich, als über unseren Köpfen und in der Straße nichts mehr zu hören war.

Hotte zögerte. »Meinst du wirklich, wir sollten ...«

»Hast du etwa Schiss?«

Hotte schüttelte den Kopf. »Auf keinen Fall. Und wie kommen wir rein?«

»Damit.« Ich zog ein Stemmeisen hervor, das ich im Schuppen neben der Villa gefunden hatte.

Ich gab Hotte ein Zeichen, dass er mir folgen sollte. Vorsichtig schlichen wir durch die Toreinfahrt, die zum hinteren Bereich des Hauses auf einen Hof führte. Die Umrisse eines Lieferwagens mit der Aufschrift *1a Rackermanns Kringelwürste nur bei Rackermann & Söhne* zeichneten sich gegen eine Backsteinmauer ab. Es war ein ziemlich unförmiger Transporter mit einem Kasten über der Fahrerkabine, der für die Kühlung der Ladebox sorgte. Ein paar große Müllcontainer standen daneben. Ich wollte lieber nicht wissen, was darin entsorgt wurde. Obwohl sie verschlossen waren, stanken sie zum Himmel. Links davon führten ein paar Stufen hinauf zu einer kleinen Rampe. Ein massives Rollgitter versperrte den Eingang.

Ich ging hinauf und rüttelte daran. »Das kriegen wir nicht auf«, flüsterte ich.

Hotte zeigte zum Ende der Rampe.

»Bingo!« Ich hob den Daumen, denn Hotte hatte eine schmale, unscheinbare Tür entdeckt, die keineswegs so stabil wirkte wie das Eisen des Rolltors.

Das Stemmeisen fand nicht sofort Halt, aber nach zwei oder drei Versuchen konnte ich die spitze Seite zwischen die Tür und den Rahmen klemmen. »Hilf mir«, forderte ich Hotte auf.

Er lud das Gerät auf seinem Rücken ab. Gemeinsam drückten wir gegen das Werkzeug, die Tür knirschte, aber sie gab noch nicht nach.

»Auf drei«, sagte ich und zählte. Hotte ächzte, ich biss mir auf die Lippen und drückte die Zahlen durch die Zähne: »Eins ... zwei ... DREI!«

Die Drei kam ein bisschen zu laut heraus, aber es knackte, das altersschwache Schloss der Tür gab nach, und wir purzelten fast über den Boden, als sich der Zugang öffnete.

»Bingo!«, flüsterte Hotte.

Ich legte den Zeigefinger auf die Lippen. Hatte uns jemand gehört? Als es nach ein paar Minuten immer noch ruhig blieb, zog ich die Tür hinter uns zu. Wir schlichen ins Innere des Hauses. Hotte leuchtete mit einer Taschenlampe über den gefliesten Boden. Unsere Turnschuhe schmatzten darauf. Das Geräusch war nicht laut, aber es hallte durch die Stille.

»Schuhe aus«, zischte ich. Erst nachdem das erledigt war, bewegten wir uns auf Socken voran.

Links und rechts in dem Flur führte jeweils eine Tür in ein Büro und in eine kleine Küche. Geradeaus erreichten wir das Hinterzimmerchen, das durch einen Glasperlenvorhang vom Verkaufsraum abgetrennt war.

Hotte wollte schon hineintreten, aber ich hielt ihn zurück. »Warte!«

»Was denn?«

»Mach lieber die Taschenlampe aus. Das sieht man von draußen, wenn hier ein Lichtstrahl durch den Raum wackelt.«

Er schaute mich erstaunt an. »Klingt fast so, als wärst du schon öfter irgendwo eingebrochen.«

»Nur ins Schlafzimmer meiner Eltern, um vor Weihnachten nach den Geschenken zu suchen.«

Hotte schaltete die Taschenlampe aus. Er setzte sein Ektofokular auf. »Boah!«, entfuhr es ihm auf der Stelle.

Das konnte nur eines bedeuten. »Gib her!«, sagte ich, wartete aber nicht, bis er es tat. Ich zog ihm das Gerät vom Kopf und hielt es mir vor die Augen. »Boah!«, entfuhr es mir genauso.

Eine leuchtend grüne Spur zog sich durch den Verkaufsraum. Überall Spritzer und Tropfen, aber am deutlichsten waren die Fußabdrücke zu erkennen. Ich schaute zum Boden und entdeckte, dass ich genau in einer solchen Spur stand. Der Geist musste an dieser Stelle einen Halt eingelegt haben: Um mich herum hatte sich eine richtige Lache ausgebreitet.

»Iiih«, rief ich und sprang zur Seite, aber meine Socken leuchteten inzwischen auch grünlich.

»Pst«, ermahnte Hotte mich. »Der Besucher ist denselben Weg gegangen wie wir.« Hotte nannte die Seelen, die noch auf der Erde herumspukten, *Besucher*. »Ein sogenannter Schleimer.« Das klang nicht sehr nett, aber Hotte wollte damit nur sagen, dass der Geist schleimiges Ektoplasma absonderte. »Eine außergewöhnlich hohe Produktion, das deutet darauf hin, dass er sehr frisch ist. Oder sie. Normalerweise verströmen nur Seelen von frisch verstorbenen Leuten so viel von dem Zeug.«

Deutlich hörbar klapperten meine Zähne aufeinander. Vielleicht war das ein Zeichen, dass es mich nun doch ein wenig gruselte. Hatte Isolde Rackermann tatsächlich jemand auf dem Gewissen? Etwa ihren Mann?

»Was ist eigentlich mit *Herrn* Rackermann?«, flüsterte ich.

»Gute Frage«, sagte Hotte. »Angeblich ist er auf einem Fortbildungsseminar zur Herstellung von vegetarischer Schweinskopfsülze. Das hat jedenfalls Frau Rackermann letzte Woche meinem Onkel erzählt, als er Futter für Roddie geholt hat.«

»Und die Söhne?«, bohrte ich weiter. Schließlich stand auf dem Schaufenster-Schild draußen und auf dem Lieferwagen *Rackermann & Söhne*.

»Gibt es nicht. Die Rackermanns haben nur drei Töchter, die

mögen aber alle kein Fleisch«, sagte Hotte. »Mein Onkel sagt, die hätten alle möglichst schnell nach ihrem 18. Geburtstag die Mücke gemacht. Alle drei auf einmal, es sind nämlich Drillinge. Eine Tochter hat einen Bäcker geheiratet, die zweite hat einen Gemüseladen aufgemacht und die dritte ist Lastwagenfahrerin geworden. Außer Herrn und Frau Rackermann gibt es nur noch Loretta Lockenwunder, die hilft im Laden als Verkäuferin.«

»Loretta *wer*?«, fragte ich nach.

»Lockenwunder. Sie heißt nicht wirklich so, ihr richtiger Name ist Else Motz. Alle nennen sie nur Lockenwunder, weil sie sich immer so eine Wallemähne machen lässt. Einige nennen sie auch Busenwunder, kannst dir denken, warum …« Hotte kicherte und beschrieb mit beiden Händen eine weite Kurve vor seiner Brust. »Die sind aber genauso unecht wie ihre Locken. Angeblich hat Herr Rackermann sie nicht bloß eingestellt, weil sie so gut Leberwurst verkaufen kann.« Wieder kicherte er.

Ich verdrehte genervt die Augen. Das war echt typisch Jungs!

»Aber warum hat Frau Rackermann eine neue Verkäuferin gesucht, wenn sie Loretta hat«, fragte ich.

»Weil Loretta vorige Woche verschwunden ist«, sagte Hotte.

Hotte hatte es noch nicht ganz ausgesprochen. Wir schauten uns tief in die Augen.

»Vorige Woche«, flüsterte ich.

»Vorige Woche«, flüsterte Hotte.

»Beide weg«, flüsterte ich.

»Beide weg«, flüsterte Hotte.

»Warum flüsterst du?«, fragte ich.

»Weil du flüsterst!«, sagte er. »Und deshalb.«

Er zeigte auf die Spur aus ektoplasmatischem Schleim. Sie führte auf das Kühlhaus zu und verschwand darin.

»Da drin?«, fragte ich. »BEIDE?«

Hotte zuckte die Achseln. »Dort halten sie sich am besten.«

Das klang, als gäbe es für die Leichen von ermordeten Ehemännern und Lockenwundern ein verbindliches Verfallsdatum.

An Geister in unserem Haus hatte ich mich seit unserem Umzug nach Kohlfincken gewöhnt. Vielleicht zwei Leichen im Kühlhaus einer mordlüsternen Metzgersfrau zu finden, war allerdings eine ganz andere Sache.

Ich bewegte mich Schritt für Schritt auf die Tür mit dem schweren Riegel zu. Dabei achtete ich darauf, dass ich nicht in die schleimige Spur aus Ektoplasma trat, obwohl das Zeug – nach Hottes Auskunft – für einen lebenden Menschen ungefährlich war.

Ein Schild an der Tür wies darauf hin, dass Unbefugten der Zutritt verboten war. Man sollte sich beim Verlassen des Kühlhauses immer vergewissern, ob a) die Tür fest geschlossen sei und man b) keine Personen eingesperrt habe.

Beim Gedanken daran, mit lauter Fleischbergen in einer kalten Kammer eingesperrt zu sein, überfiel mich ein eisiger Schauer. Er wurde noch stärker, als Hotte den Riegel mit bei den Händen nach unten drückte.

»Boah, der könnte mal geölt werden«, schnaufte Hotte.

Kalte Luft strömte heraus und ein Geruch, der einem auch die letzte Lust austrieb, die Schwelle zu übertreten.

»Ladies first«, flüsterte Hotte.

Ich schluckte trocken und ging hinein. »Zieh die Tür hinter dir zu, dann können wir Licht machen.«

Hotte schüttelte den Kopf. »Hast du das Schild nicht gelesen?«

»Natürlich. Du sollst sie nur anlehnen.«

Murrend folgte Hotte der Anweisung. »Wo ist der Lichtschalter?«, fragte er.

In dem fensterlosen Raum war es stockdüster. Nur die ektoplasmatischen Absonderungen leuchteten grün. Ich konnte sie jedoch nur sehen, solange ich das Ektofokular trug.

»Probiere es mal neben der Tür«, sagte ich, denn dort waren die Lichtschalter in den meistens Räumen auf dieser Welt, egal ob es sich um den Salon einer feinen Dame, die Schultoilette oder die Garage hinterm Haus handelte. Vermutlich war es in einem Kühlhaus nicht anders.

Ich täuschte mich.

Ich hörte, wie Hotte an der Wand herumtapste. »Hier ist kein Lichtschalter.«

»Dann nimm die Taschenlampe!«

»… hääätte es aaaaahnen können, aaaahnen …«, kam als Antwort.

»Was hättest du ahnen können?«, fragte ich.

Die Worte waren noch nicht ganz über meine Lippen gekommen, als mir etwas klar wurde: Das war nicht Hottes Stimme gewesen.

Und prompt fragte Hotte seinerseits: »Was hättest du ahnen kö–« Auch er begriff es und sprach es als Erster aus: »Hast du das gehört?«

»Still«, zischte ich.

»… versprooochen …«

»Hier ist noch jemand«, flüsterte Hotte.

»Klar, woher sollten sonst die Spuren kommen?«, sagte ich so cool wie möglich. In Wirklichkeit schlug mein Herz wie verrückt. So viel Erfahrung mit Gestalten wie der, die wahrscheinlich hier in der Kälte herumgeisterte, hatte ich schließlich noch nicht.

»Ich mache das Gerät startklar«, hörte ich Hottes Stimme hinter mir. »Ich will unbedingt eine ektoplasmatische Bildtafel für mein Buch anfertigen.«

Hotte hatte sich vorgenommen, das Handbuch der Spukerscheinungen von 1849 in einer neuen Fassung mit den allerneusten Erkenntnissen herauszugeben. In der Dunkelheit hörte ich nur, wie es raschelte und klackerte, als er das sperrige Ding absetzte.

»Du musst mir mit der Taschenlampe leuchten«, sagte Hotte.

»Dann gib sie mir«, antwortete ich.

»Verdammt, ich habe sie nicht mehr«, kam zurück.

Er hatte sie vorne im Verkaufsraum zur Seite gelegt, als er die Tür geöffnet hatte.

»Ich hole sie«, sagte ich und versuchte mich an ihm vorbeizudrängeln. Dabei spürte ich, wie etwas meinen Pullover von hinten festhielt.

»Iiih«, rief ich.

»… soooo kaaalt …«, antwortete jemand.

Ich drehte mich ruckartig um, mein Pulli löste sich plötzlich, ich stolperte einen Schritt vor und stieß gegen Hotte.

»Aaaaah!«, rief Hotte.

Wir kamen beide aus dem Gleichgewicht und rammten gegen etwas Hartes. Krachend fielen Metallschüsseln auf den Boden. Das Scheppern hallte in dem gekachelten Raum wider, wie ein Echo wurde der Lärm hin und her getragen.

»Oje«, seufzte Hotte.

Dann war alles still.

Wir rührten uns nicht.

»Ist da wer?«, rief draußen jemand.

Ich erkannte die Stimme. Isolde Rackermann.

»Schnell«, zischte ich und zog Hotte mit.

Ich hoffte einfach darauf, dass wir nicht noch ein solches Spektakel verursachten. Mit ausgestreckten Armen tastete ich mich nach vorne. Links endete ein Regal, dorthin wandte ich mich. Ich stieß gegen etwas. Daneben kauerten wir uns. Es war Unsinn, das war klar. Sie würde uns finden.

Die Tür zum Kühlhaus öffnete sich. Der ins gleißende Licht getauchte Spalt wurde breiter und breiter. Nur ein paar Zentimeter fehlten noch, dann musste sie uns sehen.

Isolde Rackermanns Umrisse zeichneten sich tiefschwarz gegen das grelle Licht ab. Breitbeinig stand sie da. In der rechten Hand hielt sie ein Hackebeil, mit dem man mindestens ein ausgewachsenes Rind in zwei Teile spalten konnte.

Jemand ganz in meiner Nähe klapperte mit den Zähnen. Ich drehte mich um, weil ich Hotte ein Zeichen geben wollte, dass er leiser sein sollte, aber bei Hotte klapperte nichts. Wir konnten es nicht länger leugnen. Es war noch jemand im Raum.

Ein verhängnisvolles Versprechen

Ihm war so kalt. So schrecklich eisig kalt. Seit sie damals den nördlichen Polarkreis überquert hatten, war ihm so kalt, auch wenn anfangs die Öfen auf dem Schiff gebollert hatte – wie kein Ofen zuvor auf der ganzen Welt.

Gegen das ewige Eis kam kein Brocken Kohle, keine Tonne, nicht einmal ein ganzer Laderaum voll des schwarzen Goldes an. Schwarzes Gold, so hatten sie es in seiner Heimat genannt. Nicht einmal die Kohle aus einer kompletten Mine, wie er sie aus Kellingley Colliery in North Yorkshire kannte, würde reichen, um Aldwyn Murrays bis ins Mark gefrorene Knochen zu wärmen oder gar auftauen zu können.

Beim Gedanken an ein loderndes Feuer wurde Aldwyn zuerst

warm ums Herz, dann spürte er jedoch sofort den Schmerz, der jeden Nerv in seinem Körper peinigte, sobald das passierte, was er sich so wünschte. Die Wärme, das Auftauen waren noch schmerzvoller als die Kälte.

Er schluchzte. Tränen quollen aus seinen Augen, die früher einmal blau gewesen waren. Jetzt schimmerten sie weiß, weißblau, wie fast alles an ihm. Sein dichtes schwarzes Haar konnte man noch als solches erkennen, obwohl die Spitzen ebenfalls von hellem Raureif überzogen waren. Und seine Lippen: dunkelstes Blau. Blau wie der Ozean an seiner tiefsten Stelle, kurz bevor das Licht der Sonne das kalte Nass nicht mehr durchdringen konnte.

Er war doch kein Seemann und er wollte nie einer werden. Sein Vater hatte sich zum Vorarbeiter des Bergwerks heraufgearbeitet. Dann war er dem Eigentümer der Mine aufgefallen. All das Wissen seines Vaters über die Kohle wäre verschwendet gewesen, wenn er weiter in den Schacht gefahren wäre, und so berief der Eigentümer Aldwyns Vater zu seinem engsten Berater.

Aldwyn selbst nahm der reiche Mann als Burschen für die Befeuerung der Kamine in sein Herrenhaus auf und fortan arbeitete sich Aldwyn hoch. Ihm machte die Arbeit Spaß und bald wurden ihm höhere Aufgaben im Haushalt des Industriellen aufgetragen.

In ein paar Jahren wäre er zum zweiten Diener aufgestiegen, dann zum ersten, vielleicht sogar zum Kammerdiener und eines Tages zum Butler, der über den ganzen Haushalt herrschte. Wäre.

Denn eines Tages hatte sich Sir John Franklin, ein entfernter Verwandter des Hausherrn und Eigentümers der Kohleminen, zum Dinner angekündigt. Sir John Franklin, der berühmte Entdecker und Forschungsreisende.

Sir John beehrte seinen Cousin nicht, weil er sich für Kohleabbau interessierte, sondern weil er mehr Geld für eine Expedition durch die Arktis benötigte. Deshalb reiste Sir John in Begleitung seiner Gattin, Lady Jane, an.

Sie war charmant und verfügte über beträchtliche Überredungskünste, wie sich noch erweisen sollte. Sie erreichte nicht nur, dass der Eigentümer der Kohlemine eine schwindelerregend hohe Summe in harten Britischen Pfund in die Expedition investierte, sondern auch noch, dass er Sir John seinen Angestellten Aldwyn als Kabinenjungen überließ.

Kabinenjunge! Auf einem Segelschiff! Auf der HMS Erebus! Einem Schiff, das nach einem der Götter der Unterwelt benannt war, nach dem Gott der Finsternis. Das klang toll. War es aber nicht. Nicht für Aldwyn. Die HMS Erebus sollte sein Verhängnis werden.

»Ich hätte es ahnen können, dass diese Reise kein gutes Ende nimmt«, schluchzte Aldwyn, schließlich hatte er in jeder der wenigen freien Minuten nach seinem Dienst die Bücher in der Bibliothek seiner Herrschaft mit großer Wissbegierde geradezu verschlungen.

Ein Kabinenjunge, mit dem man sich über die griechische Götterwelt unterhalten konnte, daran hatte Sir John Gefallen gefunden. Er war komplett begeistert von Aldwyns Belesenheit gewesen.

»Lieber Vetter, du musst ihn mir ausleihen!«, hatte der Forscher befohlen, nicht gefragt oder gar gebeten. Sein Wunsch war ein Befehl. Zudem lehnte er auch den hübschen Scheck mit einer hübschen Summe in Britischen Pfund nicht ab. Die notwendige Kohle für die Öfen des Schiffs ließ er sich kostenlos obendraufschaufeln.

Zuerst zögerte Aldwyns Dienstherr, aber dem Augenklimpern und den säuselnden Worten von Lady Jane wusste er nichts entgegenzusetzen.

Und dann war es einige Monate später, als die HMS Erebus und ihr Begleitschiff in See stachen, zu den folgenschweren Worten gekommen: »Du passt mir auf meinen Gatten auf«, hatte Lady Jane beim Abschied Aldwyn Murray beschworen. »Hörst du?«, hatte sie geflüstert, als die Herren sich noch auf eine Zigarre und einen Whiskey in den Rauchersalon begeben wollten. »Du passt mir auf ihn auf. Er muss sich immer schön warm anziehen. Sir John ist manchmal ein wenig vergesslich in solchen Dingen. Versprich es mir. Schon manch einer hat sein kaltes Grab im Eis des Nordpols gefunden und niemals konnten die Witwen der armen Seelen an einem Grabmal um sie weinen oder wenigstens eine Blume niederlegen. Das soll uns nicht passieren. Schwöre es mir bei der Seele deiner Mutter, mein Junge. Und schreib mir, so oft es geht, denn auch darin ist mein werter Gatte gelegentlich nachlässig.«

Wie soll ich auf den Kapitän der Erebus und Kommandanten

der gesamten Expedition achtgeben?, dachte Aldwyn. *Ich, der Kabinenjunge?* Er war doch schon froh, wenn er nicht über Bord ging oder sich in den Tauen verfing und plötzlich an der höchsten Rahe eines Mastes baumelte.

Ihr Gatte, der ehrwürdige Sir John, ist selbst verantwortlich dafür, dass alle mit heiler Haut zurückkehren, wollte Aldwyn sagen, aber das traute er sich nicht.

Einer Lady widersprach ein Kabinenjunge nicht.

Stattdessen nickte er.

Und Lady Jane betrachtete dies als Versprechen.

»Hör auf zu unken«, schimpfte Sir John zwar, der ihre Worte doch gehört hatte. »Du bringst noch Unglück über die gesamte Expedition. Putzmunter komme ich zurück.«

Das sollte sich als eine gute, aber falsche Hoffnung erweisen.

»... *hääääätte es aaaaahnen können, aaaahnen* ...«, quälten sich jetzt die Worte immer wieder aus Aldwyns Mund. Die Tränen, die er dabei herausdrückte, gefroren noch auf seinem Lid. Wahrscheinlich waren es auch gar keine Tränen. Er bildete sich das nur ein.

Tote konnten nicht weinen.

Und tot war Aldwyn, sehr tot sogar.

Genau wie die gerupften Puten und Hühner, die Kaninchen und das halbe Schwein, die neben ihm an silbrigen Haken im Kühlraum der Metzgerei *Rackermann & Söhne* schaukelten.

Was ihm in diesem Moment jedoch noch mehr Unbehagen einflößte als die vielen toten Tiere, waren diese Kinder, die mitten in der Nacht in dem Kühlhaus herumschlichen.

Eine eiskalte Entdeckung

»MIR REICHT ES!«, KREISCHTE ISOLDE RACKERMANN. »MIR! REICHT! ES!« Sie war völlig außer sich, obwohl sie eigentlich nicht wie eine Person wirkte, die schnell die Fassung verlor oder sogar mitten in der Nacht kreischend durch ein Kühlhaus lief und das Hackebeil schwang. Wenn sie nicht das gefährliche Werkzeug in der Hand gehalten hätte, hätte ich mir ein Kichern kaum verkneifen können: Die Metzgersgattin trug an den Füßen rosarote Hasenpuschen, deren Ohren bei jedem Schritt von links nach rechts und wieder zurückschlappten. Auf dem Kopf hielt ein durchscheinendes Seidentuch die Lockenwickler, allerdings gerieten auch diese immer mehr aus der Fassung, während Frau Rackermann im spärlichen Licht, das aus dem Flur hineinfiel, durch den Kühlraum wütete.

Zum Glück stieß sie einen Stapel leerer Wannen aus glänzendem Stahl um, die sich nun direkt vor Hotte und mir auftürmten und Frau Rackermann erst einmal die Sicht auf uns versperrten. Ich merkte auch schnell, dass sie gar keine Eindringlinge wie Hotte und mich suchte.

»Du verschwindest hier, du verschwindest hier, wie der Furz im Winde, das sage ich dir«, schrie die Frau immer wieder.

Rumms, machte es. Sie hatte ein Regal umgestoßen. Fertige 1a Rackermanns Kringelwürste flutschten zu Boden.

Rumms, machte es wieder, dann schepperte und klirrte es, weil Isolde Rackermann im Regal daneben mit einer schnellen Armbewegung eine Reihe von taubengrauen Keramiktöpfen aus dem Fach fegte. Es handelte sich um 1a Rackermanns hausgemachtes Schmalz. Die Töpfe hatte ich am Tag zuvor vorne im Laden gesehen.

»Wenn du mir die neue Verkäuferin auch wieder vertreibst, mache ich Hackfleisch ...« Frau Rackermann sackte in sich zusammen. »... aus ... dir.«

Kein bisschen wütend und entschieden wirkte sie mehr, die letzten Worte tröpfelten verzweifelt über ihre Lippen. Vielleicht ahnte sie schon lange, dass sie mit ihrer Drohung und ihrem Hackebeil und mit ihrem Herumwüten nichts erreichen würde.

Hotte stupste mich an. Das Ektofokular saß auf seiner Nase. Viel mehr konnte ich nicht erkennen. Ich gab ihm ein Zeichen, dass er still sein sollte, aber jetzt zerrte er an meinem Pulli. Ich legte den Zeigefinger auf die Lippen. Hotte riss die Augen auf. Ich folgte seinem Blick. Und schnappte nach Luft.

Ich hatte recht gehabt. Frau Rackermann hatte Besuch. Er hing zwischen einer Schweinehälfte und gerupftem Federvieh an einem Haken. Direkt hinter Frau Rackermann, die mit hängenden Schultern dastand.

Der Besucher starrte mich an. Ich legte wieder den Zeigefinger auf die Lippen. Wenn er jetzt Geräusche machte, jammerte, kicherte oder irgendwelche Satzfetzen abließ, die typisch für Gespenster waren, würde die Metzgersfrau vielleicht noch länger in ihrem Kühlraum herumwüten.

Hotte und ich duckten uns und warteten. Es verging nicht viel Zeit, bis Isolde Rackermann einen tiefen Seufzer ausstieß und nach draußen schlurfte.

Dort hing ein Besucher, ohne Zweifel. Die Beine mit den kniehohen Pelzstiefeln baumelten in der Luft. Die dicke Jacke aus Leder mit einer ebenfalls pelzbesetzten Kapuze, die sein Gesicht fast komplett verschwinden ließ, war eigentlich genau richtig für einen Kühlraum.

»Nun mach schon«, flüsterte Hotte. »Frag ihn!«

Ich wusste, was Hotte meinte. Es gab nur wenige Möglichkeiten, um die Gestalt auch ohne das Ektofokular sehen zu können, wie sie dort hing. Einige besonders talentierte Menschen konnten es, die Pförtnerinnen waren auf jeden Fall dazu in der Lage.

Mit dem Ektofokular konnten auch andere das Gespenst anschauen, aber nicht vernünftig mit ihm sprechen. Dafür musste ich zuerst den Bann lösen, was mit drei ganz einfachen Fragen funktionierte.

»Wer bist du?«, fragte ich.

Der Besucher hob den Kopf. Hatte er Hotte und mich noch nicht bemerkt, oder gab er sich bloß Mühe, möglichst wenig Aufsehen zu erregen? Wozu solches Aufsehen führte, hatte er schließlich eben erlebt.

»Wir tun dir nichts«, sagte ich mit sanfter Stimme. »Vielleicht kann ich dir sogar helfen. Wer bist du?«

»Ich …«, setzte der Besucher an. Es war die Stimme eines Jungen. Bevor er weitersprechen konnte, stieß er zunächst ein paar herzzerreißende Seufzer aus. Die Jammertöne waren so laut, dass ich zusammenzuckte.

»Oh nein«, entfuhr es Hotte. »Gleich steht die Metzgerin mit dem Hackebeil wieder hier.«

»Reg dich nicht auf«, beschwichtigte ich den Geist. »Wir tun dir nichts. Alles ist gut. Also, noch einmal: Wer bist du?«

»Ich bin Aldwyn Murray«, brachte er endlich hervor. »Ich war Kabinenjunge auf der HMS Erebus unter dem Kommando von –«

Hotte war vorgetreten und starrte die Gestalt an. »Von Sir John Franklin?!?!?«, vollendete er den Satz. Hotte kullerten fast die Augen aus dem Kopf. »Das ist unfassbar«, murmelte er und wandte sich mir zu: »*Der* Sir John Franklin, ist dir klar, was das für eine Sensation ist? Franklin war …«

»Hotte, natürlich weiß ich, wer Sir John Franklin war. Nur weil ich ein Mädchen bin, interessiere ich mich nicht bloß für rosa Einhörner. Franklin sollte die Nordwestpassage finden und ist leider im ewigen Eis verschollen.«

»Jaaa-aaa-haaa«, zog sich das Jammern durch den Raum.

»Pst«, riefen Hotte und ich fast gleichzeitig.

»Wo willst du hin?«, fragte ich und schickte gleich die dritte Frage hinterher. »Und wie kann ich dir helfen?«

Das waren die drei Fragen, die eine Pförtnerin den hilfesuchenden Geistern stellen musste. Danach konnte man sich halbwegs normal miteinander unterhalten, vor allem war dies aber die Bedingung dafür, dass wir den Besucher auch ohne das Ektofokular sehen konnten.

»Ich suche Lady Jane Franklin, Miss«, sagte der Junge.

Er nannte mich Miss. Das hatte noch nie jemand getan.

»Melli«, sagte ich. »Ich heiße Melli.«

»Verzeihung, Miss Melli, wenn Sie wissen, wo Lady Jane ist, würde mir das sehr helfen. Ich habe einen Brief für sie.«

Das waren nun nicht die Antworten, die ich erwartet hatte. Auch Hotte war das klar, denn er schaute mich ratlos an, soweit ich das im schwachen Schein der grünen Lampe über der Tür erkennen konnte. Es war das beleuchtete Männlein, das auf eine Tür zulief und einem zeigen sollte, wo der Ausgang war.

Aldwyn Murray hätte auf meine zweite Frage antworten müssen: »Ich suche die Pförtnerin zum Jenseits.« Und auf die dritte: »Öffne mir das Tor ins Jenseits.« Oder so etwas in der Art.

»Wie bist du überhaupt an diesen Haken gekommen?«, fragte Hotte.

»Es tut mir leid, Sir, ich weiß es nicht.«

Hotte störte sich gar nicht an der sonderbaren Anrede. Als Freiherr war das wohl nicht so ungewöhnlich, auch wenn er ein total verarmter Freiherr war.

»Aber wie du in die Metzgerei Rackermann gekommen bist, das weißt du doch?«

»Nein, Sir.« Aldwyn war schon wieder den Tränen nahe.

»Oder nach Kohlfincken?«, fragte ich vorsichtig.

Jetzt kullerten dicke grüne, ektoplasmatische Tränen über seine Wangen und gefroren dort zu grünen Perlen. Er schüttelte den Kopf. Die eisigen Tränen fielen auf die Fliesen des Kühlhauses.

»Was macht er hier?«, raunte ich Hotte zu.

»Ich weiß es nicht genau. Das muss ich googeln.«

Ich wandte mich wieder dem Besucher zu. »Ich würde vorschlagen, dass du erst einmal runterkommst. Das ist doch bestimmt sehr unbequem an diesem Haken?«

Vor allem wurde es mir langsam ziemlich unbequem oder besser gesagt: eiskalt. Die Temperatur in diesem Kühlhaus konnte kaum über zwei oder drei Grad Celsius liegen. Die Kälte kroch mir schon in die Glieder. Da wir nun geklärt hatten, was das Geheimnis dieser Metzgerei war, konnten wir den Rest des Problems auch woanders, in einer wärmeren Umgebung lösen.

Der Kabinenjunge von Sir John Franklin rührte sich jedoch nicht.

»Nun komm schon runter da«, sagte Hotte ungeduldig. »Es ist schweinekalt hier.«

»Ich bitte um Verzeihung, Sir, aber …« Aldwyn guckte mich an, dann Hotte und wieder mich. »Wenn Sie mir vielleicht behilflich sein könnten?«

»Moment!« Ich schaute mich um. »Wir brauchen etwas, auf das er steigen kann.«

Zwar hätten wir ihn auch an den Beinen greifen und runterheben können, aber allzu engen Kontakt mit Wesen seiner Art sollte man meiden, so viel hatte ich schon gelernt. Erst wurde man furchtbar müde, dann taten einem sämtliche Glieder weh, nachdem man sie berührt hatte. Angeblich gewöhnte man sich mit der Zeit daran und wurde nach und nach immun gegen diese Erscheinungen.

»Schieb den Rollwagen her«, befahl ich Hotte.

»Zu Diensten, Miss Melli, haben Sie sonst noch Wünsche?«, erwiderte dieser.

»Jetzt mach schon!«

Gemeinsam luden wir die Platten mit Aufschnitt vom Wagen. Hotte stopfte sich ein paar Scheiben Salami in den Mund.

»Hmpfr … daschwärwschfü'Roddie«, nuschelte er.

Wir schoben den Rollwagen zu der Wand mit den Fleischerhaken, genau vor Aldwyns Füße. Er stellte sich darauf und griff sich in den Nacken, fummelte an der Kapuze herum, zog und zerrte, aber sie löste sich nicht von dem Haken.

»Mist«, entfuhr es mir.
»Meine Güte, Miss Melli!« Aldwyn schaute mich erstaunt an. Er war fluchende Mädchen wohl nicht gewöhnt.
»Und was jetzt?«, fragte Hotte.
»Wir müssen ihm helfen.«
»Ihn a-a-anfassen?«
»Für einen Geisterjäger bist du aber empfindlich.«
»Ich bin kein Geisterjäger!«, wehrte er sich. Hotte legte großen Wert darauf, ein seriöser Forscher der paranormalen Wissenschaften zu sein. »Und eines kann ich dir sagen: Ein Geist kann nicht an einem Fleischerhaken hängen. Mit einer Ausnahme.«
»Nun sag schon, wir sind hier nicht in einer Quizshow. Mit *welcher* Ausnahme?«
»Wenn er an dem Fleischerhaken gestorben ist, und danach sieht es ja wohl nicht aus. Geister haben keine Materie, das müsstest selbst du wissen. Sie bestehen nicht aus irgendeiner Substanz oder so. Sie sind reine, nun ja, Geistwesen. Deswegen machen sie sich auch mit diesem Sausen und Brausen und mit kalten Luftströmen bemerkbar.« Hotte verfiel in den Tonfall, der mich an meine Geschichtslehrerin Mrs Greenspan erinnerte, die den langweiligsten Unterricht der Welt gab. Während er weiter schlau daherredete, baute er sein Gerät auf. »Und bevor wir hier irgendetwas tun, belichte ich zuerst einmal eine ektoplasmatische Bildplatte. Du hast doch nichts dagegen, Aldwyn?«
»Oh, Sir, natürlich nicht. Es ist mir eine Ehre. Von Sir John wurde vor unserer Abreise auch eine Daguerreotypie gemacht. Das war sehr schwierig, weil Sir John so lange stillsitzen musste, wo er doch kein sehr geduldiger Mensch ist. War. Er *war* kein geduldiger Mensch, im Gegenteil, aufbrausend –« Aldwyn schluchzte.

»Schon gut, schon gut«, beruhigte ich ihn. »Am besten denkst du gar nicht mehr an das, was einmal war. – Was für 'n Typ wurde von Sir John gemacht?«, fragte ich Hotte.

»Eine Daguerreotypie.« Hotte straffte die Schultern. Es gefiel ihm so richtig, dass er mir etwas erklären konnte. »Das ist eine frühe Form der Fotografie. Anfangs musste eine Bildplatte zehn Minuten oder länger belichtet werden, deswegen benutzte man sie vorwiegend, um Häuser abzubilden. Oder sehr geduldige Personen, die lange stillsitzen konnten.« Er grinste. »Das wäre nichts für dich. Die Apparate sahen meinem ganz ähnlich, nur dass meine Bildplatten nicht auf Licht, sondern auf Ektoplasma reagieren.« Mit diesen Worten nahm er die Abdeckung von der Linse seines Apparats und zählte leise bis zehn. »Ist im Kasten, jetzt können wir ihn herunterholen.«

Mit *wir* meinte er mich. Ich stieg auf den Wagen. Obwohl es in dem Kühlhaus sowieso schon so eisig war, spürte ich die besondere Kälte, die von dem Jungen ausging. Sie fühlte sich anders an als einfach nur sehr niedrige Temperaturen. Es war eine traurige Kälte, so wie ich sie schon bei Aurora, dem italienischen Mädchen, gespürt hatte.

Als ich Aldwyn anfasste, wusste ich sofort, was los war. Er war federleicht, aber total steif. Ich konnte ihn ein wenig anheben und seinen Parka aus dem Haken lösen. Vorsichtig stellte ich ihn auf den Boden. Er veränderte sich dabei kein bisschen, er rührte sich nicht, bewegte nicht einmal einen Finger

»Er ist gefroren.«

Nun traute Hotte sich doch, ihn anzufassen. Er tippte ihn nur kurz an, was jedoch schon zu viel war. Der Junge kippte zur Seite und fiel um.

»Stimmt«, sagte Hotte. »Hart wie ein Fischstäbchen frisch aus der Tiefkühltruhe. Irgendetwas stimmt hier nicht.«

»Das kann man wohl sagen. Eben behauptest du noch, dass

Geister aus nichts bestehen. *Nichts* kann nicht einfrieren. Aldwyn ist aber so etwas von eingefroren. Vielleicht ist er gar kein Geist?«

»Er verströmt Ektoplasma, er muss ein Geist sein.«

»Wir drehen uns im Kreis«, stellte ich fest. Langsam klapperten meine Zähne bei jeder Silbe aufeinander. »Wir müssen hier raus!«

»Un-d w-as ma-ma-chen wir mi-mi-it ihm?«, klapperte Hotte. Ihm ging es nicht besser als mir.

»Wi-ir legen ihn auf den Wa-wa-gen und schiebi-bi-ben ihn raus«, schlug ich vor.

»Gu-uhu-te Idee-dee-dee«, sagte Hotte.

Es wurde wirklich höchste Zeit. Außer der unangenehmen Kälte spürte ich inzwischen die Müdigkeit. Die Berührung des Geisterjungen zeigte ihre Wirkung.

Hotte stand an der Tür und rührte sich nicht. Er wirkte fast so starr wie Aldwyn, dann zog er doch wieder an dem Griff.

»Ma-ach scho-ho-ho ...« Weiter kam ich nicht. Mir wurde klar, dass wir ein Problem hatten. »Di-di-die Tü-ü-ü-ür ...«

Die Tür. Sie war verriegelt. Von außen.

»Oje, das tut mir sehr leid«, seufzte Aldwyn und sein Bedauern erzeugte einen kalten Lufthauch. Das machte allerdings auch nicht mehr viel aus.

Ein mieser Kerl, der nicht aufgibt

Ich sah gleich mehrere Probleme auf Hotte und mich zukommen. Das erste Problem war Mama. Sie würde morgen ihren Job als Verkäuferin in der Metzgerei *Rackermann & Söhne* beginnen. Oder besser gesagt heute, denn es dauerte wahrscheinlich gar nicht mehr so lange, bis die Sonne aufging. Und dann würde sie gemeinsam mit Frau Rackermann ihre Tochter im Kühlhaus der Metzgerei vorfinden. Das zweite Problem lag darin, dass wir bis dahin schlichtweg erfrieren würden.

So etwas ist bestimmt kein schöner Anblick, dachte ich mir, wobei ich schon spürte, wie sich sogar um meine Gedanken die ersten Eiskristalle legten. Immerhin musste ich dann die

Standpauke von Mama nicht mehr ertragen, was im Moment kein wirklich großer Trost war.

Auch Hotte war kein Trost. »Reichen zwei Grad aus, um zu erfrieren?«, fragte er.

»Wir hatten in der Baffin Bay minus 45«, sagte Aldwyn. »Das reicht auf jeden Fall.«

»Aldwyn!«, schnauzte ich ihn an. Es tat mir gleich leid, denn er konnte schließlich nichts dafür.

»Entschuldigen Sie, Miss Melli.«

»Hör auf, mich Miss Melli zu nennen.«

»In Ordnung, Miss –« Er zuckte zusammen. »Wie soll ich Sie denn nennen?«

»Einfach Melli, ohne Miss, und sag du zu mir, okay?«

»Okay, Mi … Melli!«

»Wollt ihr auch noch auf Brüderschaft trinken?«, fragte Hotte spitz. »Soll ich euch ein Gläschen Sekt besorgen?«

»Bist du etwa eifersüchtig?«, fragte ich und wusste sofort, dass das ein Fehler gewesen war. Bei solchen Sachen verstanden Jungs keinen Spaß.

»Hier jedenfalls ist nicht die Baffin Bay, sondern das Kühlhaus von Frau Rackermann, und das hat genau zwei Grad. Plus.«

»Woher weißt du das?«

Hotte zeigte auf ein Thermometer, das er neben der Tür entdeckt hatte.

»Ich habe einmal gelesen, dass sich ein Metzger aus Versehen selbst eingeschlossen und sich dann mit Schweinefett ein Feuerchen gemacht hat.«

»Das ist ja ekelhaft«, entschlüpfte es mir.

»Stimmt«, sagte Hotte. »Aber er ist nicht erfroren.«

»Hast du ein Feuerzeug oder Streichhölzer?«, fragte ich.

Er schüttelte den Kopf. »Würde eh nicht helfen«, knurrte

er. »Der Metzger ist zwar nicht erfroren, aber dafür an einer Rauchvergiftung gestorben.«

»Ihr müsst in Bewegung bleiben und euch aneinanderreiben«, meldete Aldwyn sich zu Wort.

»Die meisten Mitglieder der Besatzung der Erebus sind gestorben, wenn sie sich nicht mehr bewegt haben. Na ja, und Körperwärme ist gut. Ihr müsst euch aneinanderschmiegen.«

Wenn mich nicht alles täuschte, kicherte er bei den letzten Worten.

Hotte starrte mich mit weit aufgerissenen Augen an. Das Entsetzen stand ihm ins Gesicht geschrieben.

»So schlimm wäre das auch wieder nicht«, versuchte ich ihn zu beruhigen, obwohl ich auf keinen Fall vorhatte, mich an Hotte zu kuscheln. Es musste eine andere Lösung geben.

»D-d-d-d ...«, stotterte Hotte.

Zuerst dachte ich, er brächte vor Kälte gar kein Wort mehr heraus, aber dann wurde mir klar, dass es etwas anderes war. Er streckte den Arm aus. Sein Zeigefinger deutete über meine Schulter hinweg.

»Ei-ei-ei-ein ...«

»Ein was?«, fragte ich.

»Feuer!«, presste Hotte hervor.

Plötzlich spürte ich die Hitze in meinem Rücken. Gleichzeitig hörte ich das Lachen. Und eine Stimme, die ich schon kannte.

»Köstlich!«, rief die Stimme aus. »Wirklich köstlich, der junge Mann. Was für ein dämlicher Blick! Nun lerne ich deinen Freiherrn endlich einmal persönlich kennen.«

Ich drehte mich um.

Dort stand er.

Der Einäugige.

Er stand nicht, er schwebte. Er schwebte in einem Kranz züngelnder Flammen, die ihn von den Knien aufwärts umgaben.

Von seinen Unterschenkeln und Füßen war nichts zu sehen, als wären sie bereits verbrannt.

In einem prasselnden Feuer zu stehen, schien ihn weniger zu stören, im Gegenteil, er genoss es geradezu. »Kommt ruhig ein bisschen näher«, forderte er uns auf, »mein kleines Lagerfeuerchen reicht auch für euch. Oder friert es euch gar nicht?« Dann ertönte sein böses Lachen. Er wusste ganz genau, dass unsere Füße und Hände sich schon steif anfühlten. Hottes Lippen waren sogar blau angelaufen.

Eigentlich war es nicht verwunderlich, dass er aufgetaucht war. Erasmus und Lodovico hatten es bereits angekündigt. Schließlich war er scharf darauf, sich die Geister zu schnappen, um sie in das Dunkle Jenseits zu verschleppen.

»Du kannst dir denken, warum ich hier bin?«, fragte der Einäugige. Er trug über dem fehlenden Auge wieder eine schwarze Klappe. Außerdem hatte er sich als Metzgergeselle verkleidet. Das weiße Schiffchen auf seinem Kopf ragte ihm keck in die Stirn. Er schwebte auf Aldwyn zu, der sich mit steifen Schritten in Sicherheit bringen wollte. Mit seinen tiefgefrorenen Beinen war das kaum möglich.

Der Kabinenjunge stöhnte. »Aua ... aaaah ...«, schrie er. »Weg, er soll weg! Ich verbrenne!«

Der Einäugige zuckte zurück. »Was haben wir denn hier für ein besonderes Exemplar?«, fragte er. »Der junge Mann verspürt Schmerzen?« Er näherte sich Aldwyn erneut, der Junge schrie, doch der Einäugige ließ nicht locker.

»Hören Sie auf!«, rief ich.

»Sie quälen den armen Kerl«, schrie Hotte, der aus seiner Erstarrung erwachte. Mir war klar, dass er am liebsten ein Interview mit dem Einäugigen gemacht hätte und natürlich noch eine ektoplasmatische Aufnahme. Ein solcher Typ war für Hottes neues Handbuch der Spukerscheinungen eine Sensation.

Das schrille Lachen des Einäugigen wurde immer lauter. »Ha! Daran sollte er sich schon einmal gewöhnen. Wenn ich ihn mitnehme, wird ihm ein bisschen eingeheizt. Das ist ja wohl klar.«

»Den Teufel werden Sie tun!« Ich hatte dem Kerl Aurora nicht ausgeliefert, und auch Aldwyn stand unter meinem Schutz, so viel stand fest. Stattdessen griff ich nach dem nächstbesten Gegenstand, der mir in die Hand fiel. Es war eine der Stahlwannen voller 1a Rackermanns Kringelwürsten. Ich holte aus und pfefferte sie in Richtung des Einäugigen.

»Hui«, rief dieser aus, »jetzt wird es lustig.«

Die Wanne traf ihn an der Schulter, die Würste klebten an seinem Kittel, ein paar fingen sofort an, in den Flammen zu brutzeln, die ihn umgaben. Er lachte nur hämisch und bewegte sich auf den Ausgang zu. Mit einem *Puff* und einem *Paff* verschwand er durch die geschlossene Tür. Die Flammen loderten über den Rahmen, als hätte der Einäugige sie zurückgelassen.

Ich sah, wie Aldwyn sich in die letzte Ecke des Kuhlraums presste. Hotte brachte sein Aufnahmegerät in Sicherheit. Doch plötzlich herrschte wieder völlige Stille. Die Flammen waren verschwunden. Nur ein schwacher Lichtstrahl fiel in das Kühlhaus. Er kam von draußen.

»Hotte, die Tür!«, flüsterte ich.

Hotte nestelte immer noch an dem Gerät herum. »Es ist so hitzeempfindlich«, jammerte er. Er drehte sich um. »Was ist mit der Tür?« Nun sah er es auch. »Die Tür ist offen«, murmelte er.

Im selben Augenblick verstanden wir, was das bedeutete. Wir sprangen beide los und rissen sie weit auf. »Lass sie bloß nicht wieder zufallen. Ich hole mein Zeug und dann nichts wie weg hier!«, sagte Hotte und schulterte das Gerät.

»Das geht nicht«, sagte ich.

»Was geht nicht?«, fragte Hotte.

»Wir können nicht einfach so gehen«, antwortete ich und deutete auf Aldwyn.

Hotte verstand. »Du willst ihn mitnehmen?«

Ich nickte, aber Aldwyn wimmerte. Wenn Gespenster wimmern, breitet sich das Geräusch schnell im ganzen Haus aus, es wächst zu einem Jaulen, wenn man Pech hat.

»Pst!!!«, machten Hotte und ich gleichzeitig. »Sonst steht Frau Rackermann gleich wieder hier.«

»Ich glaube, ich kann hier nicht raus«, sagte Aldwyn.

»Warum nicht?«

»Es brennt wie Feuer, wenn ich ins Warme komme.«

»Er hat die ganze Zeit im ewigen Eis gelegen. Könnte sein, dass er sich erst umgewöhnen muss«, grübelte Hotte. »Ich habe noch nie etwas über tiefgefrorene Geister gelesen, das müsste ich überprüfen. Vielleicht gibt es hier irgendwo einen Computer.«

Erstens hatte ich in Frau Rackermanns Laden nur eine ziemlich altmodische Registrierkasse gesehen, und zweitens wurde es höchste Zeit, dass wir verschwanden. »Er muss noch ein bisschen hierbleiben«, entschied ich. »Hältst du es noch ein paar Stunden, na ja, vielleicht ein paar Tage hier aus?«

Aldwyn schaute mich mit traurigen Augen an. »Wenn es sein muss, Miss ... äh ... Melli«, sagte er.

Ich schlug einen Ton an, wie Mama es tat, wenn sie mir schmackhaft machen wollte, dass ich doch auf dieses oder jenes verzichten konnte. Meistens spielte sie dann darauf an, dass ich doch schon eine sehr verständige junge Dame sei. »Du bist doch alt genug, um zu verstehen ...«, begannen solche Sätze und endeten mit: »... und deshalb brauchst du gar kein eigenes Smartphone.« Oder so ähnlich.

»Du bist nun schon anderthalb Jahrhunderte tiefgefroren«, sagte ich in diesem Tonfall, kam aber nicht weiter.

Aldwyn wurde sich in diesem Augenblick genau dieser Tatsache bewusst. »Anderthalb Jahrhunderte?«, fragte er. »Dann lebt Lady Jane gar nicht mehr?«

»Äh … wohl eher nicht, außer sie ist auch ein Gespenst«, sagte ich. »Und dann lebt sie auch nicht wirklich …«

»Aber ich muss ihr doch den letzten Brief ihres Gatten überbringen!« Aldwyns Entsetzen war so groß, dass es ein Brausen und Sausen auslöste, das den Gewittersturm, der die Kastanie in unserem Garten gespalten hatte, fast wie einen lauen Sommerwind erscheinen ließ.

»Welchen Brief?«, fragte Hotte.

Aldwyn öffnete die Hand. Darin lag ein zerknitterter Umschlag mit einer verschnörkelten Schrift, die kaum noch zu entziffern war.

Ein unzustellbarer Brief

ALDWYN GEFIEL ES GAR NICHT, DASS dieser Junge mit den eigentümlichen Geräten und Miss Melli ihn einfach hier zurückgelassen hatten. Für sich nannte Aldwyn das Mädchen immer noch *Miss*, obwohl sie ihm das verboten hatte. Irgendwie gefiel ihm das besser.

Beim Gedanken an sie musste er lächeln – das erste Mal, seit er in diesem Kühlhaus gelandet war, nein, das erste Mal, seit sein letzter Atemhauch vor genau 168 Jahren zu Eiskristallen gefroren und es ihm das Lebenslicht ausgepustet hatte.

Sie war ein nettes Mädchen, hübsch und so anders als die Mädchen seiner Zeit. Seine Schwestern Annabelle und Victoria waren viel schüchterner als diese Melli gewesen und hätten sich bestimmt nicht getraut, nachts in einen Metzgerladen einzubrechen.

Der Junge schien Aldwyn ein wenig sonderbar zu sein, mit diesem Gerät, das angeblich Daguerreotypien von Gespenstern machen konnte, und mit dieser merkwürdigen Brille, die er Ektofokular nannte.

Miss Melli und Hotte hatten ihm zu verstehen gegeben, dass sie schleunigst nach Hause mussten, weil sie sonst Ärger mit ihren Eltern bekamen. Aldwyn konnte das gut nachvollziehen. Das hatte sich im Verlauf der Jahrhunderte wohl nicht geändert.

Ansonsten aber so ziemlich alles.

Das Lächeln verschwand wieder aus Aldwyns Gesicht. Er seufzte, unterdrückte dann aber schnell jeden weiteren Ton. Miss Melli hatte ihm erklärt, wie sich die Gefühlsregungen eines Gespenstes auf seine Umgebung auswirkten, dass die lebenden Menschen sie spüren konnten, manchmal auch hören, und dass sie sich dann fürchteten.

Aldwyn hatte mit all dem keine Erfahrung. Er wusste nicht, wie er in dieses Kühlhaus gekommen war. Er wusste eigentlich gar nicht genau, wie ein solches Kühlhaus überhaupt funktionierte. Sein alter Dienstherr, der Besitzer der Kohlemine, hatte einen Eiskeller tief unter der Erde besessen, in den man Mengen von Eis füllen musste, um die Lebensmittel zu kühlen. An Eis wollte Aldwyn sowieso nicht mehr denken, er hatte lange genug darin gelegen, bis ein großes Stück des Packeises, das seinen Tod und den Tod seiner letzten Kameraden besiegelt hatte, von den Eismassen abgebrochen, in den Arktischen Ozean gestürzt und geschmolzen war.

Die Expedition stand von Anfang an unter keinem guten Stern. Mehr als zwei Jahre hatten die HMS Erebus und das zweite Schiff, die HMS Terror, vor der King-William-Insel im Eis festgefroren gelegen. Sogar im Sommer gab das Eis die Schiffe nicht wieder frei, und dann war Sir John gestorben, und der neue Kommandant befahl, die Segler aufzugeben, um sich über Land nach Süden durchzuschlagen.

Einer nach dem anderen starben die Seemänner an Entkräftung. Aldwyn hatte sich solche Mühe gegeben zu überleben. Nicht nur, weil er sich mit vierzehn Jahren noch arg jung fühlte, jedenfalls zu jung, um in der trostlosen Eiswüste den letzten Atemzug zu tun. Außerdem musste er diesen Brief übergeben, diesen schrecklichen Brief. Sir John hatte ihn gar nicht mehr selbst geschrieben, sondern seinem Kabinenjungen diktiert. So schwach war der Konteradmiral und Polarforscher schon gewesen.

»Bring ihn ihr«, hatte Sir John mit kraftloser Stimme seinen Kabinenjungen beschworen, »bring ihn meiner geliebten Jane. Sie soll wissen, dass ich in den letzten Stunden nur an sie gedacht habe.«

Das stimmte nicht ganz, keiner wusste das besser als Aldwyn. Sir Johns Fieber war so hoch gewesen, dass er viel wirres Zeug geredet, zweimal einen unanständigen Witz erzählt und den größten Teil der Zeit seine Offiziere mit Befehlen überhäuft hatte, weil er nicht glauben wollte, dass die Schiffe unrettbar verloren waren.

»Schwöre es mir, dass du ihn meiner Frau bringst«, hatte Sir John verlangt. »Schwöre es!«

Natürlich widersprach ein Kabinenjunge niemals seinem Vorgesetzten. Schon gar nicht, wenn dieser auf dem Totenbett etwas befahl.

»Ich schwöre es«, sagte Aldwyn darauf.

»Beim Grab deiner Mutter«, röchelte Sir John.

Eigentlich war Aldwyn es an diesem Punkt ein wenig leid gewesen. Es ging ihm selbst schon nicht mehr sehr gut. Nacheinander waren ihm drei Zehen, das halbe rechte Ohr und die Nasenspitze abgefroren. Aber er ließ Sir John seinen Willen.

»Beim Grab meiner Mutter«, sagte er.

Sir John stieß ein letztes Röcheln aus und war tot.

»Beim Grab meiner Mutter«, flüsterte Aldwyn nun. Und das war ein Fehler gewesen.

Dieser Hotte hatte es ihm erklärt, und Aldwyn verstand endlich, warum er nicht wie alle anderen der Expedition gestorben und dann ins Jenseits entschwunden war. Nur der Bootsmann und ein Seekadett waren nach Aldwyn gestorben. Er hatte gesehen, wie ihre Seelen hinüber glitten.

Aldwyns Seele durfte das nicht. Beim Grab der Mutter hatte er geschworen, den Brief zu überbringen. Bevor er das nicht erledigt hatte, musste Aldwyn bleiben oder vielmehr das, was von ihm übrig war. Sein Geist. Seine Seele. Aber wie sollte er das anstellen? Einen uralten Brief mit einem schnulzigen Gedicht darin an eine Frau überbringen, die ihrerseits schon mehr als ein Jahrhundert tot war? Ganz davon abgesehen, dass offensichtlich bei minus 50 Grad auch ein Geist einfror.

»Da müssen wir uns eben etwas einfallen lassen«, hatte Miss Melli gesagt und dreimal geniest, bevor sie sich mit dem Jungen und dessen Gerätschaften auf den Weg gemacht hatte.

Oh ja, dachte Aldwyn, hoffentlich fällt Miss Melli etwas ein.

Eine genauso miese Hexe, die auch nicht aufgibt

NACH UNSEREM NÄCHTLICHEN AUSFLUG ins Kühlhaus lag ich tagelang mit einer schrecklichen Erkältung im Bett. Hotte hatte es noch schlimmer erwischt. Ob es nun an dem etwas zu engen Kontakt mit Aldwyn und dem Einäugigen gelegen hatte oder daran, dass einige Stunden in einem Kühlhaus niemandem guttaten, wussten wir nicht.

Auf diese Weise bekam ich jedenfalls wenig davon mit, wie es Mama an ihren ersten Tagen als neue Verkäuferin in der Metzgerei *Rackermann & Söhne* ergangen war. Am ersten Abend erzählte sie mir, dass Isolde Rackermann ganz offensichtlich dringend eine helfende Hand gebraucht hatte.

»Da musste wirklich mal für Ordnung gesorgt werden«, sagte

Mama und stellte mir ein Tasse Kamillentee neben das Bett. Dann kontrollierte sie das Fieberthermometer.

»Ich habe zuerst einmal das Kühlhaus aufgeräumt.«

Ich spitzte die Ohren. »Ach ja? Was war denn da?«, fragte ich.

»Da herrschte ein solches Durcheinander. Wirklich. Als wäre eine Herde Rinder kurz vor dem Schlachten hindurchgetrieben worden.« Sie packte mir eine Wärmflasche unter die Decke. »Und dann habe ich vierzehn Kilo 1a Rackermanns Kringelwürste hergestellt. Das sieht einfacher aus, als es ist, das kann ich dir sagen. Bei mir flutscht es aber 1a.«

Mama kicherte. Dafür, dass ihr früher schon beim Anblick eines Steaks übel geworden war, ging sie ihren neuen Job mit einiger Begeisterung an.

»Und sonst?«, fragte ich.

»Was sonst?«, fragte Mama.

»Was gab es da sonst so? Im Kühlhaus ...«, forschte ich weiter.

»Was soll es dort geben?« Mama schaute mich erstaunt an. »Schweinekoteletts, Schweinshaxe, Schweinskopfsülze«, zählte sie auf und war kaum noch zu stoppen. »Blut- und Leberwurst, Hackfleisch, Putenbrust, Rinderrouladen, Wiener Schnitzel, Gulasch, Hammelkeule, Kalbsgeschnetzeltes ... Na ja, was es eben in einer Metzgerei so gibt.«

Vielleicht einen Jungen ungefähr in meinem Alter, vermummt in einen Fellparka und mit Stiefeln aus Robbenleder?, hätte ich am liebsten gefragt, aber das ging natürlich nicht. Es deutete nichts darauf hin, dass Mama etwas von dem Besucher mitbekommen hatte. Vielleicht hielt sich Aldwyn daran, was ich ihm eingebläut hatte, nämlich sich so still wie eben möglich zu verhalten. Hinzu kam, dass meine Mutter zu den für Spukerscheinungen völlig unempfindlichen Menschen gehörte.

»Von denen gibt es viele«, hatte Hotte mir erklärt. »Sie bemerken einen Geist nicht einmal, wenn der direkt neben ihnen steht und mit den Ketten rasselt.«

Das mit den Ketten war natürlich ein Scherz. Schlossgespenster, die eine eiserne Kugel an einer rostigen Kette hinter sich herzogen und damit Krach machten, gehörten zu den vielen Märchen, die man sich über Geister erzählte.

Viel empfänglicher für Besucher aus dem Jenseits schien Isolde Rackermann zu sein. »Und wie ist Frau Rackermann so drauf?«, fragte ich deshalb.

»Hm.« Mama schaute einen Moment zur Decke und dachte nach. »Sie ist ein bisschen sonderbar, ehrlich gesagt. Um das Kühlhaus macht sie einen großen Bogen. Sie sagt, sie leide unter einer Kälteallergie.«

Mehr bekam ich am ersten Abend nicht aus Mama heraus.

Am zweiten Abend brachte sie wieder Kamillentee und eine Wärmflasche, dazu gab es dieses Mal einen Bericht über Mamas erste Erfolge in der Herstellung von Hackfleisch. »Mager, halb und halb«, erzählte sie voller Stolz. »Das wollen die meisten Leute. Wenig Fett, dafür zu genau gleichen Teilen aus Schwein und Rind.«

Die Metzgersfrau hatte nun wohl endlich eine Nacht hervorragend geschlafen und war ein wenig aufgetaut. Als Mama das sagte, zuckte ich zusammen, weil ich an den tiefgefrorenen Aldwyn denken musste. Mama meinte damit jedoch, dass Frau Rackermann ihre neue Verkäuferin schon fast ins Herz geschlossen hatte.

»Die arme Isolde«, sagte Mama. »Ihr Mann hat sie doch tatsächlich verlassen. Vorher hat er das Konto abgeräumt und nun verprasst er das Geld mit meiner Vorgängerin auf einer Südseeinsel.«

»Loretta Lockenwunder«, murmelte ich, biss mir aber sofort auf die Lippen.

»Ach, du kennst die Geschichte schon? Wer hat dir das denn erzählt?« Mamas Neugier war geweckt.

»Nein oder ja ... also ... Hotte, der hat es mir erzählt.«

Am dritten Tag, an dem ich mich eigentlich schon wieder ganz gut fühlte und es kaum noch im Bett aushielt, brachte Mama mir mittags eine heiße Zitrone und eine Wärmflasche. Sie teilte mir mit, dass die arme Isolde wirklich nicht vom Glück verfolgt sei, denn es habe sich das Gesundheitsamt angekündigt.

»Hygienevorschriften und so weiter«, sagte Mama. »Und weißt du, wer dahintersteckt?«

Ich schüttelte den Kopf. Woher sollte ich das wissen?

»Dieses hinterhältige Biest von einer Bürgermeisterin. Auf Isoldes Laden ist sie nämlich genauso scharf wie auf unsere Villa. Sie will einfach den ganzen Ort unter ihre Fuchtel kriegen. Den süßen kleinen Schreibwarenladen und die Bäckerei will sie auch in den Ruin treiben. Angeblich hat sie große Pläne mit dem Ort, aber keiner weiß genau, was sie vorhat.«

Adelheid Wiesendübel. Wir hatten es geschafft, ein paar Tage einfach nicht an sie zu denken. Keine Minute später machte sie dem ein Ende.

Irgendwo im Haus keifte eine schrille Stimme, die mir bekannt vorkam.

»Du bleibst im Bett«, befahl Mama, aber das tat ich natürlich nicht. Ich folgte ihr in die große Halle.

Da stand sie. Adelheid Wiesendübel. Die Bürgermeisterin von Kohlfincken, unter deren Kinn eine Hautfalte schwabbelte wie unter dem Schnabel eines Pelikans.

Sie schaute nach oben in das Oberlicht aus bunten Glasscheibchen, die einen ganzen Schwarm bunter Schmetterlinge darstellten. Wie ein Wirbel drehte sich das Muster nach oben, fast konnte man meinen, es saugte einen hinauf.

Unwillkürlich griff meine Hand zu dem goldenen Kettchen mit dem Anhänger daran, einem Schlüsselchen, dessen Griff ebenfalls die Form eines Schmetterlings hatte. Welche besondere Bedeutung die Schmetterlinge in diesem Haus hatten, wussten nur Hotte und ich und natürlich Erasmus und Lodovico.

Die Bürgermeisterin schaute nach oben in das Flimmern der bunten Lichter des gläsernen Mosaiks. »Furchtbar, so ein Kitsch«, sagte sie. »Das kommt alles weg.«

Adelheid Wiesendübel hatte zwei weitere Pelikane mitgebracht. Nämlich den Rechtsanwalt und Notar Doktor Alfons Wiesendübel, ihren Bruder. Er hatte uns bei der Ankunft in Kohlfincken das Testament überbracht, in dem gestanden hatte, dass keine andere als ich selbst die Erbin der Villa sein sollte.

Der andere Mann konnte nur Arthur Wiesendübel sein, ohne Doktor, aber ebenfalls mit Schwabbelfalte. Die Familienähnlichkeit war nicht zu übersehen. Nur war er ungefähr doppelt so breit und halb so groß wie seine beiden Geschwister und verfügte zudem über eine blitzblank polierte Glatze. Wenn ich mich richtig erinnerte, gehörte diesem Wiesendübel die einzige Baufirma des Ortes, und ich hatte eine böse Ahnung, was das bedeutete.

Erst jetzt entdeckte die Bürgermeisterin mich. Sie zuckte zusammen. »Ah!«, schrie sie. »Was hast du mir für einen Schrecken eingejagt. Was machst du überhaupt hier? Das Betreten des Hauses ist strengstens verboten. Es ist einsturzgefährdet, das wurde behördlich festgestellt.« Dass sie selbst die Behörde war, die das festgestellt hatte, erwähnte sie nicht.

»Dann gehen Sie am besten ganz schnell raus«, sagte ich.

Adelheid Wiesendübel schnappte nach Luft. »Was fällt dir dreister Göre ein?!«

Ihr Bruder Arthur, der glatzköpfige Bauunternehmer, stupste sie in die Seite.

»Stups mich nicht«, blaffte Adelheid Wiesendübel.

Erasmus Schöngeist und seine Abneigung gegen Stupsen gingen mir durch den Kopf. Ich musste grinsen.

»Grins nicht so frech«, zischte die Bürgermeisterin.

»Äh, liebstes Schwesterchen«, sagte der Bauunternehmer, »du hast behauptet, das Haus sei leer und gehöre quasi dir, äh ... mir, äh ...«

»Uns«, mischte sich der Rechtsanwalt ein, der sich bisher alles still anhörte und nur ab und zu seinen Aktenkoffer von der einen in die andere Hand wandern ließ.

»Es ist MEIN Haus«, rief ich und machte mich auf den Weg nach unten.

»Sie hat absolut recht!«, mischte sich noch jemand ein.

Mama stand an der in der Wand versteckten Tür, die zu der kleinen Dienstbotenwohnung führte. Hinter ihr stand Papa und gnarzte ein wenig. Bobbyboy klammerte sich an sein Bein.

»Das ist Mellis Villa, und die kippt nicht um«, sagte mein kleiner Bruder. Er verbarg nach diesem mutigen Vorstoß schnell das Gesicht hinter Papas Rücken. »Und wir gehen hier nicht weg«, brummelte er von dort aus noch.

Die Bürgermeisterin stemmte die Fäuste in die Seiten. Sie fixierte meinen Blick.

»Das. Werden. Wir. Noch. Sehen.« Jedes einzelne Wort brachte sie hervor wie einen Trompetenstoß. »Die gute alte Emilie Bauerfeind hat Schulden über Schulden hinterlassen. Im Moment belaufen sie sich auf ganz genau ... ALFONS!!«, kreischte sie.

Ihr Bruder zuckte zusammen, balancierte den Aktenkoffer auf der einen Hand und ließ die Schlösser mit der anderen aufschnappen. Seine Schwester fischte ein Blatt Papier heraus und hielt es mir unter die Nase.

»Einundfünfzigtausendeuroundsechsundvierzigcent inklusive Zinsen«, posaunte sie hinaus. »Und was glaubst du, wer diese Schulden alle bezahlt hat?« Sie wartete keine Antwort ab. »ICH!!!«

Ihr Bruder Alfons nickte.

Ihr Bruder Arthur nickte.

»*Mir* schuldet ihr das Geld, und wenn ich nicht bald *mein* Geld sehe, pfände ich euch die Bude unterm Hintern weg.«

Ihr Bruder Arthur grinste.

Ihr Bruder Alfons grinste.

Darauf fiel weder meinem Bruder noch meinem Vater und nicht einmal meiner Mutter etwas ein. Wir hatten gewusst, dass meine Urgroßschwiegercousine überall hatte anschreiben lassen. Fast jeder Laden in Kohlfincken bekam noch Geld von ihr. Dass es so viel war, davon hatte niemand eine Ahnung gehabt.

Ich durfte nun nicht mehr länger warten. Hektisch durchsuchte ich meine Hosentasche und fand die Goldmünze, die ich von Aurora erhalten hatte, als ihr Geist erlöst wurde und ins Jenseits wandern durfte. Die Bezahlung der Pförtnerin musste erfolgen, so hatten Erasmus Schöngeist und Lodovico Geistreich es mir erklärt, damit die Pförtnerin ein sicheres Leben führen und die Pforte immer offen halten konnte.

»Verlassen Sie sofort unser Haus!«, rief ich und umklammerte das Goldstück in meiner Hosentasche. »Wir werden unsere Schulden bezahlen.«

»Ja, das werden wir«, knarzte unverhofft Papa. Alle hielten überrascht inne. Die Bürgermeisterin schnaubte. Sagte jedoch kein Wort mehr. Sie drehte auf dem Absatz um, schnippte zweimal mit den Fingern und ihre Brüder folgten ihr. An der Tür hielt sie doch noch einmal inne. Ohne sich umzudrehen, sagte sie: »Das werden wir noch sehen. Die Zeit läuft. Und zwar genau bis zum 15. dieses Monats. Das ist die letzte Zahlungsfrist.«

Wir hatten uns zum Familienrat in der Bibliothek versammelt. Vor jedem von uns stand ein Becher Kakao, weil Kakao nach Mamas Ansicht in jeder Lebenslage hilft.

»Das ist doch ein abgekartetes Spiel«, sagte Mama.

»Was ist das: Ein abgekartetes Spiel?«, fragte Bobbyboy.

»Das ist, wenn sich ein paar Leute verabreden, um andere Leute reinzulegen«, erklärte ich ihm.

»Wen wollen die denn reinlegen?«

Manchmal ist Bobbyboy noch ziemlich ahnungslos, also erklärte ich ihm auch das: »Die Bürgermeisterin Wiesendübel macht uns die Bude zuerst mies und nimmt sie uns dann weg, der Bauunternehmer Wiesendübel reißt sie ab und baut was Neues hin, und der Rechtsanwalt Wiesendübel dreht die Paragrafen so, dass wir keine Chance gegen sie haben. Und alle zusammen verdienen sie viel Geld dabei, von dem wir aber keinen Cent sehen.«

»Das ist gemein«, sagte Bobbyboy.

»Stimmt«, sagten Mama, Papa und ich wie aus einem Mund.

Bis auf seine überraschenden Worte vorhin hatte Papa bisher geschwiegen. Papa schweigt meistens. Es ist auch nicht so einfach, beim sehr gesprächigen Rest der Familie zu Wort zu kommen. Wenn er etwas sagt, ist es meistens wichtig. »Womit willst du denn unsere Schulden bezahlen?«, fragte Papa.

Ich zögerte nicht mehr, sondern zog die Münze hervor, mit der Aurora ihren Übertritt ins Jenseits bezahlt hatte. Sie lag auf meiner Hand und schimmerte golden.

Bobby grapschte danach. »Ist da Schokolade drin?«

Ich zog die Hand schnell weg. »Quatsch, mit Schokoladentalern könnten wir doch nicht unsere Schulden bezahlen. Das ist pures Gold und 500 Jahre alt.«

Mama nahm die Münze in die Hand, drehte und wendete sie und sagte: »Aus Italien.«

Papa betrachtete den kleinen Schatz ebenfalls. »Herzog Paolo der Dritte«, sagte er. »Wo hast du die Münze her?«

»Gefunden«, sagte ich und versuchte, nicht allzu schuldbewusst auszusehen.

»Dann müssen wir sie beim Fundbüro abgeben«, sagte Papa.

»Ich habe sie hier im Haus gefunden«, fügte ich schnell hinzu. »Dann gehört sie doch uns.«

Papa nickte. »Hm, dann ja.«

»Ob wir damit unsere Schulden bezahlen können?«, fragte Mama zweifelnd.

»Wenn wir sie versteigern, bestimmt«, sagte ich und verschwieg, dass ich längst wusste, wie viel die Münze wert war. »Ich glaube sie ist sehr wertvoll für Sammler und vielleicht finden wir noch mehr davon.«

Zum ersten Mal seit dem Besuch der Bürgermeisterin guckte Mama ein bisschen hoffnungsvoller. »Das wäre toll, aber woher soll Emilie so wertvolle Münzen haben?«

Diese Frage beantwortete ich lieber nicht. »Hier ist doch alles vollgestopft mit irgendwelchen Sachen. Die Vorbesitzer der Villa haben alles Mögliche gesammelt«, sagte ich stattdessen. »Wir müssen nur danach suchen. Hotte könnte uns helfen. Und Roddie.«

Ob die Dogge wirklich eine große Hilfe war, bezweifelte ich. Einen Leberwurstschatz hätte Roddie sicher schnell gefunden, aber eine Kiste mit Goldstücken?

Eine nächtliche Überraschung

WIR SUCHTEN. UND SUCHTEN. UND SUCHTEN. Roddie und Bobbyboy machten dabei vorwiegend Unsinn. Mama stöberte wie wild im zweiten Stockwerk. Papa im Keller und im Erdgeschoss. Hotte und ich übernahmen das Treppenhaus und den ersten Stock. Dort lag auch der Blaue Salon, der früher das Reich meiner Urgroßschwiegercousine Emilie gewesen war. Sollte das Haus jemals in einen komplett bewohnbaren Zustand versetzt werden können, würde dieses Zimmer voller Andenken mein Zimmer werden. So hatte Emilie es in ihrem letzten Willen verfügt. Es war das größte und schönste Zimmer im Haus, schließlich war ich die Erbin.

»Das dauert Ewigkeiten, bis wir das ganze Haus durchsucht

haben«, seufzte ich auf dem Weg nach oben. »Was machen wir in der Zeit bloß mit Aldwyn?«

»Gespenster wie Aldwyn halten was aus«, versuchte Hotte mich zu beruhigen. »Er hat all die Jahre im Eis überstanden, da ist das Kühlhaus doch wie eine Luxus-Kabine in der Ersten Klasse. Ich habe schon versucht, mehr über tiefgefrorene Geister herauszufinden, aber noch nichts gefunden.«

»Dann müssen wir Erasmus und Lodovico zu Hilfe holen, am besten heute Nacht, wenn die anderen schlafen. Hoffentlich haben sie Zeit und vor allem: bessere Laune«, sagte ich.

»Emilie hat das Gold bestimmt in ihrem Zimmer versteckt«, sagte Hotte. »Wir müssen nur systematisch an die Sache rangehen.«

Ich zweifelte. »Würde nicht jeder zuerst in deinem Zimmer suchen, wenn er glaubt, dass du etwas versteckt hast?«

Hotte lachte. »In meinem Zimmer würde er nicht viel finden. Schmutzige Socken unter dem Bett vielleicht, aber sonst ...«

Ich knuffte ihn in die Seite. »Du weißt genau, was ich meine. Immerhin, Stinkesocken finden wir hier bestimmt nicht.«

Wir standen in der Tür von Emilies, nein, von *meinem* Blauen Salon. Ich erinnerte mich daran, was Emilie in dem Brief an mich geschrieben hatte. Sie hatte ihn dem Testament beigelegt und er war nur an mich persönlich gerichtet gewesen: *Der Blaue Salon im ersten Stockwerk ist in den letzten Jahren mein kleines Reich gewesen*, hatte sie geschrieben. *Ich überlasse ihn Dir sehr gerne. Pass gut auf alles auf, was Du dort findest. Und: Hüte den Schlüssel aus diesem Brief wie Deinen Augapfel, trage ihn immer am Herzen!*

Meine Hand fuhr bei dieser Erinnerung zu dem Kettchen mit dem Schlüssel. Ich trug die Kette mit dem Anhänger immer um den Hals. *Trage ihn immer am Herzen!*, hatte Emilie geschrieben. Der Schlüssel öffnete die Pforte zum Jenseits.

»Übernimm du die anderen Räume«, forderte ich Hotte auf und trat selbst in den Blauen Salon.

An der einen Seite stand ein ausladender Frisiertisch mit Bürsten und Kämmen und Töpfchen und Fläschchen für Cremes und Parfüm. Tapeten aus dunkelblauem Stoff bedeckten die Wände, die Vorhänge bestanden aus blauem Samt und das große Himmelbett gegenüber dem Frisiertisch hatte einen himmelblauen Baldachin. In den Ecken standen ähnliche Glasvitrinen wie die in der großen Halle, nur dass diese hier nicht mit Schmetterlingen gefüllt waren.

Meine Urgroßschwiegercousine Emilie schien eine leidenschaftliche Sammlerin von allem gewesen zu sein. Sonderbare Dinge standen und lagen hier und dort und überall herum. Es erinnerte alles an einen Flohmarkt.

Das Modell eines Doppeldecker-Flugzeugs hing von der Decke. Viele verschiedene Figuren aus Porzellan, andere aus Keramik oder Stein füllten ein Regal. Ich entdeckte eine Kiste mit kleinen Werkzeugen, die man wohl für die Reparatur von winzigen Dingen nutzte. Eine Scheibe aus rötlichem Metall, in das ein Sternenhimmel mitsamt den Tierkreiszeichen eingeritzt war, Teddybären und Puppen, eine gewundene Muschel, groß wie eine Wassermelone, ein Paar ausgetretene, schmutzige Fußballschuhe, Zigarettenspitzen aus Elfenbein, silberne Tabaksdosen und scheinbar völlig wertlose Dinge, wie ein Billett für eine Kettenkarussell-Fahrt oder ein Lederbeutel voller alter Kronkorken.

Der verschnörkelte Schreibtisch mit seinen Schubladen und verschlossenen Fächern war ein Sekretär, bei dem man die Schreibfläche erst herunterklappen musste. Dann kam eine

Schreibunterlage zum Vorschein und darüber befand sich ein Aufsatz mit vielen Fächern. Einige waren gefüllt mit Notizbüchern, auf deren Rücken jeweils ein mit der Hand beschriftetes Schildchen klebte. Sie waren nach Jahreszahlen geordnet. In anderen Fächern waren Bleistifte und Füllfederhalter verstaut, ein paar Radiergummistummel, allerlei Papiere und ein Anspitzer in der Form eines Seehundes, der einen Ball auf der Nasenspitze balancierte. All das kannte ich schon.

Besonders interessant und wichtig waren die Notizbücher, denn darin hatten Emilie und ihre Vorgängerinnen den Übergang jedes einzelnen Geistes in das Jenseits notiert. Ich hatte schon jede dieser Kladden durchgeblättert, aber keinen Hinweis darauf gefunden, wo die Goldstücke sein konnten. Wie viele es im Laufe der Jahre, gewesen sein mussten, wusste ich allerdings genau.

Meine Vorgängerin hatte für 197 Seelen die Vitrine mit den Schmetterlingen geöffnet und sie auf den zarten Flügeln dieser Insekten davontragen lassen. Wenn ich mich nicht verrechnet hatte, entrichteten allerdings nur 71 die Gebühr für die Passage ins Jenseits in Form von Bargeld. Ob dies auch 71 wertvolle Goldstücke gewesen waren, wie das von Aurora, ging aus ihren Aufzeichnungen nicht hervor.

Immer wieder hatte Emilie Dinge angenommen, die den verzweifelten Seelen besonders wertvoll waren. Zum Beispiel handelte es sich bei den Fußballschuhen um ein Paar, das einem gewissen *H. Rahn* gehört hatte. So jedenfalls stand es auf einem kleinen Schildchen hinten an der Ferse. Hotte vermutete, dass es sich um den berühmten Fußballspieler handelte, der im Jahr 1954 das Siegtor im Endspiel der Weltmeisterschaft für Deutschland geschossen hatte.

Obwohl ich das Zimmer schon einmal durchsucht hatte, begann ich noch einmal von vorne, nämlich links neben der Tür.

Ich klopfte die Wände ab, hob jedes Bild und die beiden großen Spiegel an. In jede Blumenvase und hinter jede Skulptur warf ich einen Blick, rüttelte am Kaminsims und stieg auf den Rost im Kamin. Dort fand ich kleine Steigeisen im Schornstein, die ich hinaufkletterte, bis ich zu einem Sicherheitsgitter gelangte, an dem ich nicht weiterkam.

»Melliiii?«, hörte ich in diesem Moment jemand rufen. Es klang ganz nach meinem kleinen Bruder. »Wo biiiiist duuuu?«

Ich musste kichern. Bobbyboy bot mir selten Gelegenheit zu kichern, meistens nervte er eher, aber der Gedanke, der mir gekommen war, gefiel mir. Vielleicht klappte es!

Mit verstellter, tiefer Stimme rief ich hoch oben aus dem Schornstein: »Buaaaaooooobbyyyyy? Buuuu-hooooooooobbyboooy!!«

Ich hörte, wie sich Bobby räusperte und ein verängstigtes »Ja-a-a?« hervorbrachte.

»Hua-iiier sprrrrüücht derrrr Gaaaiist deinerrr värrstorbäään-een Urrrgroßschwiegercousine ...« Meine Stimme hallte durch den Schornstein.

Bobby machte keinen Mucks. Entweder hatte er sich unter dem Sofa versteckt, oder er stand einfach da, mit vor die Augen geschlagenen Händen. Bobby glaubt nämlich, was er nicht sieht, kann auch ihn nicht sehen.

Bei der ersten Bewegung, die ich machte und damit etwas Ruß aus dem Kamin lostrat, gellten seine Schreie durchs Haus. Begleitet von trappelnden Schritten entfernte sich das Gejaule. Weit kam er jedoch nicht. Etwas schepperte, jemand schrie »Autsch!« und dann hörte ich Mamas Stimme.

Mist. Sie hatte Bobbyboy im Flur abgefangen.

Stufe für Stufe stieg ich den Kamin wieder runter.

Mama stand bereits in der Tür des Blauen Salons. Bobbyboy klammerte sich an ihr Bein. Mittlerweile waren auch alle anderen eingetroffen. Papa grinste, Hotte ebenso. Roddie schaute von einem zum anderen und schmatzte.

»Ein Gespenst …«, schluchzte Bobbyboy, »… ganz sicher … hat gerufen … aus dem …« Er schaute auf und erblickte mich. Sein Blick verdüsterte sich, als er verstand, dass ich ihm einen Streich gespielt hatte.

»Melli Bower!« Mama stemmte die Fäuste in die Seiten. »Wie oft habe ich es dir schon gesagt? Du sollst deinen Bruder nicht mit Spukgeschichten und Schreckgespenstern ärgern.« Sie konnte sich ein Grinsen allerdings nicht verkneifen. »Wie ein Schreckgespenst siehst du nämlich aus!«

Ich schaute in den Spiegel des Frisiertischs und schreckte kurz selbst zurück. In meinen Haaren klebten Spinnweben, mein Gesicht war schwarz vom Ruß, und bei jedem Schritt, den ich tat, staubte die Asche, die sich in meinen Hosenbeinen verfangen hatte, auf.

Mehr zu lachen gab es allerdings nicht. Eigentlich war die Antwort schon klar, aber ich fragte trotzdem: »Hat einer was gefunden?«

Mama schüttelte den Kopf. »Im zweiten Stock gibt es nur Schlafzimmer und ein Badezimmer, in dem das Badesalz verklumpt, der Abfluss verstopft ist und die Parfüms vertrocknet sind. Erdgeschoss?« Sie schaute Papa an.

Papa schüttelte den Kopf. »Die Instrumente im Musikzimmer sind hübsch und alt, aber nichts wert. Die Bücher in der Bibliothek sind hübsch und alt, aber nichts wert. Die Möbel im Gartenzimmer –«

»Sind hübsch und alt, aber nichts wert?«, fragte ich.

»Leider nicht. Total morsch und eigentlich reif für den Sperrmüll.«

Plötzlich drängelte sich mein kleiner Bruder vor. »Aber Roddie hat etwas gefunden?«

»WAS?«, riefen alle gleichzeitig.

»Eine vertrocknete Käserinde, eine verschimmelte Kartoffel und vierzehn Mäuseköttel.«

Hotte zuckte entschuldigend die Achseln.

»Er hat alles gefressen«, fügte Bobbyboy noch hinzu und alle stöhnten: »Iiiih!«

»Wo wir gerade beim Thema sind: Ich glaube, wir brauchen eine Stärkung«, sagte Mama. »Und morgen graben wir dann den Garten um.«

Ich kenne meine Mutter. Ihr Kalter-Kaffee-Blick sprach für sich. Sie hatte die Hoffnung aufgegeben, dass wir etwas Wertvolles in diesem Hause finden würden.

»Aber nicht zu nah am Haus graben, sonst –«

»Kippt es vielleicht um«, sagte Bobbyboy.

HOTTE BLIEB NOCH ZUM ABENDBROT. Einerseits fühlte er sich in unserer Familie ganz wohl, denn zu Hause hatte er immer nur seinen etwas schrägen Onkel Karl und Roddie um sich. Mit beiden konnte man sich nicht so richtig gut unterhalten, außerdem waren die Interessen seines Onkels noch etwas eigenartiger als Hottes.

Onkel Karl war Kräuterkundler und Alchemist. Er hatte viele Jahre bei einer gewissen Eleanor Grubower studiert, einer der berühmtesten Expertinnen in Fragen der Kräuterkunde, Alchemie und einer Reihe anderer Wissenschaften, die heutzutage an keiner Universität mehr gelehrt werden.

Hottes Onkel pflanzte verschiedene Kräuter, Früchte und Blattpflanzen in einem Gewächshaus in dem kleinen Garten an, der an unseren grenzte. Seit Jahren hoffte er darauf, ein ganz neuartiges Getränk auf den Markt zu bringen, mit dem man morgens wach werden, mittags Energie tanken und abends einschlafen konnte. Gesund für Mensch, Hund, Katze,

Zierfische und sonstige Lebewesen jedweden Alters sollte es auch sein. Und es sollte die Familie Mengenfeld wieder reich machen und ihr zu altem Ruhm verhelfen. Das hatte bisher nicht geklappt. Außerdem musste man bei allen Mahlzeiten darauf achten, dass Onkel Karl nicht aus Versehen die falschen Kräuter in den Salat gestreut hatte.

Ungestört miteinander reden konnten Hotte und ich erst, nachdem alle ins Bett gegangen waren. Wir verabredeten uns für Mitternacht im Blauen Salon. Ich hatte schon gelernt, dass diese Uhrzeit gar nicht die Geisterstunde ist, wie in vielen Geschichten und Märchen behauptet wird. Gespenster sind immer und überall unterwegs und zu jeder Zeit. Wenn man sie überhaupt bemerkt, sieht und hört man sie nachts am besten, weil es dann am ruhigsten ist.

Hotte erschien Schlag zwölf Uhr. Roddie trottete hinter ihm her. Als er mich sah, beschleunigte er das Tempo, seine Ohren schlappten im Takt seiner Sprünge, bis er vor mir auf die Hinterbeine stieg, seine vorderen Tatzen auf meine Schultern legte und mir einmal quer durchs Gesicht schleckte.

»Ja, Roddie«, sagte ich. »Ich liebe dich auch. Ginge es beim nächsten Mal auch weniger feucht?«

Roddie setzte sich und gab Pfötchen. »Geht schon, aber feucht ist viel schöner«, stand in seinen Augen geschrieben.

Hotte hielt ein paar von seinen uralten Schinken über Geister, Untote und alle Arten von Spukerscheinungen unter dem einen Arm, außerdem eine Mappe mit allen möglichen Papieren, die er ausgedruckt hatte. »Beim nächsten Mal treffen wir uns bei mir«, stöhnte er und stapelte die Bücher auf der Klappe des Schreibtischs, die ein leise ächzendes Geräusch von sich gab. »Und es wird höchste Zeit, dass ihr hier Internet bekommt.«

Dem stimmte ich absolut und uneingeschränkt zu, aber im Moment fehlte uns selbst dazu das Geld. Abgesehen davon hatte Emilie technisch gesehen nicht im letzten, sondern im vorletzten Jahrhundert gelebt. Über ein Telefon hatte sie verfügt, das war aber schon seit Jahrzehnten abgemeldet. Es stand auf einem kleinen Tischchen neben dem Kamin und besaß noch eine Wählscheibe statt Tasten.

»Hast du mittlerweile etwas gefunden?«, drängte ich.

»Was hast du es denn so eilig?«, fragte er betont cool zurück, aber ich wusste genau, wie sehr ihm die Sache unter den Nägeln brannte. »Über Aldwyn Murray habe ich nicht viel herausgefunden. Die Kohlemine, bei dessen Eigentümer er gearbeitet hat, wurde schon 1906 stillgelegt. Interessanter ist, dass er nicht auf der Mannschaftsliste der HMS Erebus steht.« Er zog eine Liste hervor, die er ausgedruckt hatte.

Roddie drängte sich zwischen uns. Er setzte sich vor mich, gab Pfötchen und winselte.

»Nicht jetzt, Roddie«, wies ich ihn zurück und schaute mir die Liste an.

Ganz oben stand der Kapitän, Sir John Franklin, gefolgt vom Commander, einem Mister James Fitzjames, dann die Offiziere und die Mannschaftsmitglieder mit besonderen Funktionen, wie der Schiffskoch Richard Wall, dann die einfachen Seemänner. Ganz zum Schluss standen dort die Namen der Kabinenjungen unter der Überschrift *Boys*.

»George Chambers, Boy für die Erste Klasse aus Woolwich in Kent«, las Hotte vor. »Und David Young aus Sheerness, ebenfalls aus der Grafschaft Kent. Kein Aldwyn Murray, auch nicht an Bord des Schwesterschiffs, der HMS Terror.«

»Schau da«, ich deutete auf den Namen, »einen John Murray gab es.«

»Aber der war Segelmacher und schon 45 Jahre alt.«

»Ob Aldwyn uns angelogen hat?«

Statt mir eine Antwort zu geben, schlug Hotte das Handbuch der Spukerscheinungen auf, das sein eigener Verwandter bereits vor 90 Jahren überarbeitet hatte. Hotte wollte eine völlig neue Ausgabe auf dem topaktuellen Stand der heutigen Kenntnisse herausbringen. Deshalb war er auch so scharf darauf, restlos alles über die körperlosen Besucher dieser Villa und Emilies Aufgabe als Pförtnerin zum Jenseits herauszufinden.

Roddie, der sonst jede Gelegenheit nutzte, um sich auf irgendein Sofa zu fläzen, winselte und trottete zum Fenster. Er stieg mit den Vorderpfoten auf die Fensterbank.

»Muss er mal?«, fragte ich.

»Nicht jetzt, Roddie. Halt ein!«, befahl Hotte. »Es ist so ein Mist, dass Emilie gestorben ist, bevor ich mit ihr sprechen konnte«, murmelte er, während er eine bestimmte Stelle in dem Buch suchte. Es war nicht das erste Mal, dass er diese Tatsache bedauerte.

»Du hättest dich eben trauen sollen«, sagte ich.

»Jetzt hör schon auf«, gab er zurück. »Sie war schon seit Jahren krank. – Hier, ich habe die Stelle gefunden.« Er zeigte auf den Abschnitt *Kommunikation mit personifizierten Seelen und Gestalt-Besuchern*.

Ich schaute ihn an. »Personifizierte –«

»Das habe ich dir doch schon erklärt«, unterbrach er mich ungeduldig. Hotte neigte gelegentlich dazu, sich wie ein Oberlehrer aufzuführen. »Das sind alle Spukerscheinungen, die ihre menschliche Gestalt behalten haben und –«

»… meistens sehen sie ganz genauso aus wie zum Zeitpunkt ihres Todes«, unterbrach ich ihn meinerseits und leierte weiter: »Im Gegensatz dazu gibt es Poltergeister, die meist durch das Verrücken von Möbeln und Erzeugen von Geräuschen aller Art in Erscheinung treten, oder Wind- und Luftwirbler, Trauminvasoren, die –«

»Schon gut«, sagte er mit beschwichtigender Geste.

Ich las die Stelle. Die Aussagen dort waren eindeutig.

»Geister lügen nicht. Außer sie kommen wie der Einäugige aus dem Dunklen Jenseits. – Meinst du, Aldwyn kommt aus dem Dunklen Jenseits?«

Hotte zuckte die Achseln. »Das könnte erklären, warum der Einäugige so scharf auf ihn ist.«

»Der Einäugige ist auf alle verlorenen Seelen scharf. Auf so alte wie Aldwyn besonders.« Ich trat zum Fenster, weil Roddie keine Ruhe gab. »Wir müssen Erasmus und Lodovico rufen«, sagte ich schließlich und wollte schon zu dem Ruf ansetzen. Aber ich kam nicht mehr dazu. »Hotte«, flüsterte ich stattdessen. »Guck dir das an.« Ich winkte ihn zu mir zum Fenster.

Im Garten bewegte sich etwas. Es war groß. Und es trug ein wehendes Gewand, das silbrig im Mondlicht schimmerte.

»Roddie, guter Hund«, lobte ich die Dogge. »Du bist doch zu etwas zu gebrauchen – außer zum Pennen, Fressen und Pupsen. Vielleicht wirst du eines Tages noch ein Wachhund.«

»Mann, hier ist aber was los«, wisperte Hotte beim Blick in die helle Mondnacht.

Ein Ferkel, das es in sich hat

Die Gestalt im Garten bewegte sich mit schnellen Schritten auf das Haus zu. Beim genaueren Hinsehen entpuppte sie sich nicht als irgendeine Gestalt und schon gar nicht als eine weitere Seele, die meine Hilfe beim Übergang ins Jenseits brauchte. Auf ihrem Kopf wackelten Lockenwickler und ihre Füße steckten in Puschen, genauer gesagt in rosaroten Hasenpuschen.

»Isolde Rackermann«, flüsterte ich.

»Ist sie tot?«, fragte Hotte.

»Sieht nicht so aus.«

In diesem Augenblick wurden ihr die wippenden Plüschohren der Hasenpuschen an ihren Füßen zum Verhängnis. Sie verfingen sich in den Ästen der umgestürzten Kastanie. Isolde

Rackermann kippte vornüber, stieß dabei einen leisen Schrei aus. Nun verhedderten sich ihre Lockenwickler ebenfalls im Gestrüpp des Baums und der Schrei verwandelte sich in ein jämmerliches Heulen.

»Also, wie ein Gespenst klingt sie auf jeden Fall«, sagte Hotte und kicherte.

Was machte die Metzgersfrau in unserem Garten? Nichts Gutes, ganz bestimmt nichts Gutes konnte das bedeuten.

»Schnell«, rief ich. »Bevor sie das ganze Haus aufweckt.«

Hotte folgte mir auf der Stelle. »Bleib, wo du bist«, befahl er Roddie, aber der Hund hatte sich schon mit weiten Sprüngen auf den Weg nach unten gemacht.

Wir sausten die Treppen hinab, unten in der Halle drehten wir im vollen Tempo die Kurve, jedenfalls versuchten wir das. Roddie schaffte es. Hotte auch. Ich verlor jedoch das Gleichgewicht und kam ins Strauchen.

»Oooo-hooo …«, entschlüpfte mir ein unterdrückter Schrei. Ich grapschte nach dem Geländer am unteren Absatz der Treppe, aber ich griff daneben.

Statt des Geländers spürte ich etwas Pelziges in meiner Hand. Fridolin. Der ausgestopfte Bär, den Emilies Urgroßvater in den Karpaten leider erschießen musste, weil er Emilies Urgroßmutter fressen wollte. Wie zur Rettung streckte er mir seine ausgebreiteten Pranken entgegen. Ich umklammerte sie mit aller Kraft, um nicht zu stürzen. Leider war Fridolin verstaubt und sehr mottenstichig. Wahrscheinlich durfte nicht einmal eine Stubenfliege auf seinem Arm landen, ohne ihm ein Wehwehchen zuzufügen.

Das Fell riss, hielt aber an einem Fetzen und der mächtige Bär kippte um. Ich stürzte und Fridolin begrub mich unter seinem Bauch.

»Oh nein, Melli«, rief Hotte, dann war alles still.

Ich blieb liegen und wartete darauf, dass meine Eltern jeden Augenblick in der Tür standen und wir uns ein paar gute Erklärungen einfallen lassen mussten, was wir mitten in der Nacht hier trieben.

Aber es blieb still im Haus.

Ich schob Fridolin von mir runter. »Weiter«, sagte ich, »um den kümmern wir uns später.«

Papa hatte die Glastür des Gartenzimmers, die in der Nacht des großen Gewittersturms zu Bruch gegangen war, mit ein paar Brettern vernagelt. Wir stiegen durch das Fenster daneben hinaus in den Garten, wo Isolde Rackermann immer noch mit den Hasenpuschen, den Lockenwicklern und den Ästen des Baums kämpfte. Sie brabbelte dabei vor sich hin. Neben ihr saß Roddie und hielt stolz einen der Hasenpuschen im Maul.

»Oho ... wahnsinnig ... Leberkäs ... Fräulein ... oh jaaaa, oh neiiin ... das werden wir noch sehen ...«

»Frau Rackermann?«, fragte ich vorsichtig.

Die Metzgersfrau schrie auf. »Nein, ja, vielleicht, doch ...« Dann sackte sie in sich zusammen und rührte sich nicht.

»Ist sie tot?«, fragte Hotte.

»Frag mich doch nicht immer solche Sachen!«, zischte ich ihn an. »Woher soll ich das denn wissen?«

»Aber es ist wichtig. Ich will nur wissen, ob sie vielleicht zu deinen Kunden gehört. Könnte doch sein ...« Hotte verschränkte die Arme vor der Brust und wendete sich mit Schmolllippe ab.

»Spiel nicht die beleidigte Leberwurst. Wenn sie ein Gespenst wäre, könntest du sie nicht sehen.«

Frau Rackermann sprang auf. Der Bademantel, den sie über einem Nachthemd trug, zerriss. Sie presste mich an ihren ziemlich dicken Busen und flüsterte immer wieder: »Gespenst, Gespenst, Gespenst ...«

Durch ihren Busen hindurch hörte ich ihr Herz schlagen. »Sie üscht nüscht tot«, nuschelte ich dazwischen hervor, denn ihr Herz raste. Ich befreite mich aus ihrer Umarmung. Hotte war anzusehen, wie froh er war, dass nicht er so in die Mangel genommen wurde.

»Nun beruhigen Sie sich doch, Frau Rackermann«, sagte ich. »Wir setzen uns in den Rosengarten und …« So recht wusste ich nicht, was wir dort tun sollten. »Und trinken ein Glas Milch. – Los, Hotte, hol ein Glas Milch für Frau Rackermann. Aber weck nicht das ganze Haus auf.«

Frau Rackermann führte ich zu dem verwilderten Eckchen ganz hinten im Garten. Von einem Rosengarten konnte eigentlich keine Rede mehr sein. Hier wucherte seit etlichen Jahren alles durcheinander. Die Rosen hatten alle Mühe, sich gegen die anderen Pflanzen zu behaupten. In einer Ecke stand ein kleiner runder Pavillon aus rostigem Eisen und in dessen Mitte befand sich ein steinerner Springbrunnen mit einer schmalen Bank rund um das Auffangbecken.

Wasser kam aus dem Brunnen aber schon lange nicht mehr. Wenn wir das Haus in Ordnung gebracht hatten, würde ich mich sofort um diesen verwunschenen Platz kümmern. Das hatte ich mir fest vorgenommen. Im Moment war daran allerdings gar nicht zu denken. Mitten in der Nacht im Mondschein wirkte dieser Ort verzaubert und schaurig.

Die Metzgersgattin beruhigte sich ganz schnell und saß mit herabhängenden Schultern auf der Bank, als Hotte mit einem Glas Milch zurückkam.

»Puschelhusch ist weg«, seufzte sie.

Hotte schaute mich an. Er wedelte mit einer Hand vor dem Gesicht. War Frau Rackermann durchgedreht?

»Ohne Puschelhusch ist Huschelpusch traurig«, sagte Frau Rackermann. Sie hob das linke Bein, an dessen Fuß die Hasenpusche noch steckte. »Nicht wahr, Huschelpusch, ganz traurig!?«, sagte sie.

Es bestand kein Zweifel. Sie hatte ihren Hasenpuschen Namen gegeben und sie sprach mit ihnen. Es schien so, als hätten sie ihre Nerven im Stich gelassen.

»Roddie, rück Puschelhusch heraus«, befahl ich der Dogge, die uns brav mit der Hasenpusche im Maul gefolgt war. Mit einem protestierenden Winseln tat er, was ich ihm sagte.

»Und jetzt erzählen Sie uns erst einmal, was Sie mitten in der Nacht im Garten der Villa suchen«, sprach Hotte sanft auf Frau Rackermann ein.

Ein Ruck ging durch die Metzgersfrau. Sie warf den Kopf zurück. So schnell, dass ich nicht mehr reagieren konnte, schoss ihre Hand auf mich zu und packte mich am Kragen. »Diiiiiich!«, schrie sie. Schrill und laut und gleich dreimal. »Dich, dich, diiiiiich! Er hat gesagt, ich soll dich holen. Das Mädchen, hat er gesagt, hole das Mädchen Melli …«

Ich schnappte nach Luft. Ich ahnte schon, *wer* Frau Rackermann dazu aufgefordert hatte, mich zu holen. Bevor ich etwas sagen konnte, blitzte drüben am Haus ein Licht auf.

»Hallo?«

Papa. In der Hand hielt er die große Taschenlampe, die wir in Schindlgrubers Angelparadies gekauft hatten, um bei den plötzlichen Stromausfällen in der Villa nicht im Dunkeln zu stehen.

»Ist da jemand?«

Frau Rackermann schaute auf. Sie holte Luft. Ich musste mich blitzschnell entscheiden.

Wenn Sie jetzt einen ihrer schrillen Schreie ausstieß, hatte ich einiges zu erklären: Warum ich nicht im Schlafanzug in meinem Bett lag.

Was ich mitten in der Nacht im Rosengarten zu suchen hatte. Mit Hotte. Und mit Frau Rackermann. Wenn ich alles auf Frau Rackermann schob, würde sie ausplaudern, dass in ihrem Kühlhaus ein Gespenst aus dem ewigen Eis saß und mit mir sprechen wollte. Im besten Fall würde meine Mutter ihre neue Chefin für verrückt erklären und ihren Job verlieren.

Es gab nur zwei Möglichkeiten:

Entweder ich hielt Isolde Rackermann einfach den Mund zu. Diese Idee hatte wenig Aussicht auf Erfolg. Als Metzgersfrau wuchtete sie halbe Schweine durch die Gegend. Sie war bestimmt stärker als ich.

Oder ich brachte sie mit einem einfachen Trick zum Schweigen. Ich musste sie bestechen.

»Ich helfe Ihnen«, zischte ich leise. »Ein für alle Mal. Sie hören nie wieder einen Mucks aus Ihrem Kühlhaus, wenn Sie jetzt ebenfalls keinen Mucks mehr von sich geben.«

Hotte starrte mich an.

Isolde Rackermann starrte mich an. Den Mund hatte sie schon aufgerissen. Ein »Hurghs …« kam heraus. Ganz leise. Sie legte sich selbst die Hand auf den Mund.

»Hier ist niemand, Schatz!«, hörte ich Papa rufen.

»Bist du sicher?« Das war Mama.

»Gnrzmgh«, gnarzte Papa. Diese Art von Geräusch gab er immer von sich, wenn er eigentlich nicht sicher war.

Mama schöpfte keinen Verdacht. »Dann lass uns noch ein bisschen Geisterstunde spielen, bei so vollem Mond sind bestimmt wilde Werwölfe unterwegs …« Sie kicherte. Das Schmatzen, das darauf folgte, konnte nur eines bedeuten: Knutscherei war angesagt.

»Gnzrhm«, gnarzte Papa.

Die Taschenlampe erlosch. Alles war still.

»Los jetzt«, sagte Frau Rackermann und zerrte mich am Arm hinter sich her.«

Die Metzgersfrau ließ mich erst wieder los, als wir vor der Metzgerei standen. Sie stoppte so plötzlich, dass Hotte mir in die Hacken lief. »'tschuldigung«, schnaufte er. Er war von dem Tempo, das Frau Rackermann vorgelegt hatte, völlig aus der Puste. »Oh«, sagte er noch und zeigte auf die Ladentür. Sie stand sperrangelweit auf.

Roddie nutzte die Gelegenheit, um sich über das erste Stück Leberwurst herzumachen, das er bekommen konnte. Er verschwand im Laden.

Mitten in der Nacht die Tür offen zu lassen, war vielleicht in Kohlfincken kein Problem. An unserer Wohnungstür in New York hatten wir vier Sicherheitsschlösser gehabt. Nach jedem der drei Einbrüche war eins dazugekommen. Frau Rackermann schnaufte und setzte den rechten Fuß auf die erste Stufe, erstarrte jedoch sofort. Ein unbestimmbares Geräusch drang aus ihrer Kehle, fast so etwas wie Papas Gnarzen.

Ich hatte es auch gesehen.

»Da bewegt sich etwas«, flüsterte Hotte.

Im ersten Moment vermutete ich, dass Roddie schon begonnen hatte, eine Party zu feiern, aber es knurrte jemand »Au'sch!« und beschwerte sich: »Ve'dammt, wo isch'n hier die Theke?«

Das hörte sich nicht nach dem Kabinenjungen der HMS Erebus an. Wir betraten den Laden.

»Bier her! Bier her! Oder 'sch fall um, juchhe!«, sang der nächtliche Besucher aus vollem Hals.

»Schindlgruber!«, schrie Frau Rackermann. »Was haben Sie in meinem Laden zu suchen?«

»Oho … Ischolde …« Herr Schindlgruber wankte von einer Seite zur anderen. »Da hab'sch müsch inne Tür vertan …«

»Für Sie immer noch Frau Rackermann!« Die Metzgersfrau packte ihn am Kragen. Sie verzog das Gesicht, als der betrunkene Mann ihr zu nahe kam. Am ausgestreckten Arm schob sie ihn hinaus. Dann verriegelte sie die Tür hinter ihm und sank auf einen Hocker. »Da soll man nicht verrückt werden«, seufzte sie.

Ich legte eine Hand auf ihre Schulter. »Was ist denn passiert?«, fragte ich, obwohl ich mir ungefähr denken konnte, was passiert war.

Frau Rackermann stöhnte zuerst nur, aber dann kullerten plötzlich Tränen über ihre Wangen. »Da … da … im …«

»Im Kühlhaus ist jemand«, nahm ich ihr den Rest des Satzes ab.

Sie starrte mich an. »Woher weißt du das?«

»Hotte und ich … wie soll ich sagen: Wir haben ihn schon einmal besucht.«

»In meinem Kühlhaus?«

Ich nickte.

Frau Rackermann kniff die Lippen aufeinander. »Dann wart ihr das nachts vor ein paar Tagen?«

Ich nickte.

Frau Rackermann atmete tief durch. »Ein paar Tage und Nächte war es still, aber seit gestern Abend jault und saust und braust und ruft es …«

»Was hat es denn gesagt?«

»Nun ja, so richtig gesagt hat er nichts. Gesaust und gebraust hat er und eine schreckliche Kälte verbreitet. Im Kühlhaus! Ist das nicht verrückt? Wenn dir im Kühlhaus kälter wird als im Kühlhaus? Und er hat deinen Namen gejault. *Meeellliiii, Miiiiss Meeeeellliiii!* Das hat er die ganze Zeit gerufen.«

Auf Frau Rackermanns Kopf wippten die Lockenwickler, so sehr regte sie sich auf. Sie sprang vom Hocker auf und fuchtelte mit den Armen herum, bis sie mich an beiden Schultern packte und mir tief in die Augen schaute: »Ich werde wohl verrückt, denn ich glaube tatsächlich, dass in meinem Kühlhaus ein Gespenst herumspukt.«

Hotte drängelte sich zwischen die Metzgersfrau und mich. »Wir haben eine gute und eine schlechte Nachricht für Sie.«

»Die schlechte Nachricht ist: In Ihrem Kühlhaus spukt es wirklich«, sagte ich.

»Die gute Nachricht ist: Das macht gar nichts«, sagte Hotte.

»Spinnst du?«, fragte Frau Rackermann, die langsam wieder zur gewohnten Nervenstärke fand. »Mir macht das eine Menge. Ich werde wahnsinnig. Nachts mache ich kein Auge mehr zu, und mir sind schon zwei Verkäuferinnen davongelaufen, weil sie sich vor dem Kühlhaus fürchteten. Zugegeben hat es natürlich keine.«

»Keine Sorge, wir kümmern uns um Aldwyn«, sagte ich.

»Aldwyn?«, fragte Frau Rackermann.

»Das Gespenst.«

»Ihr seid auch durchgedreht.«

Ich schüttelte den Kopf. »Kommen Sie mit.«

Wir durchquerten das Ladenlokal. Im Flur vor dem Kühlhaus hörte ich es schon. Die Rufe hallten durch die massive Tür, die sonst nicht nur die Kälte im Raum hielt, sondern eigentlich auch allen Schall schluckte. Dumpf erklang mein Name immer wieder. Aldwyn schien sehr verzweifelt zu sein. Als ich die Tür öffnete, wurden die Schreie lauter. »Warten Sie hier«, sagte ich zu Frau Rackermann und bat Hotte, auf die Frau aufzupassen, in deren Blick schon wieder die Panik flackerte.

»Aldwyn, wo bist du?«, fragte ich in die dunkle Kälte.

Aldwyn stand blass und bibbernd in der Ecke. »Die Bestie, Miss Melli, äh, Melli. Die Bestie ...«, jammerte er.

Vor ihm hockte etwas. Es schien, als würde es Aldwyn in Schach halten. Sehr groß war es nicht, und als ich nähertrat, sah ich, dass es nicht einmal lebte, und selbst in seiner lebenden Ausführung hätte es dem Kabinenjunge nicht viel antun können: Auf dem Rollwagen lag ein Spanferkel.

»Aldwyn, nun stell dich nicht so an«, ermahnte ich ihn. »Du hättest Frau Rackermann fast in den Wahnsinn getrieben. Du hast Hotte und mir doch versprochen, dass du dich ruhig verhältst. Wir haben dich nicht vergessen!«

Aldwyn beruhigte sich jedoch keineswegs. »Aaaaaaah!«, schrie er. »Da! Es hat es wieder getan. Es zwinkert mich an.«

»Ein Spanferkel zwinkert niemand an.« Ich drehte mich zu der Platte aus Edelstahl, auf der das arme gebratene Ferkelchen inmitten von Petersilie angerichtet war.

Und ich zuckte zusammen.

Aldwyn hatte recht. Das Spanferkel zwinkerte. Mit einem ganz lebendig wirkenden Auge. Das war schlimm genug. Noch schlimmer war, dass es nur ein Auge war. Das andere bedeckte eine Augenklappe. Der Einäugige. Schon wieder.

»Erasmus!«, flüsterte ich. »Lodovico! Kommt sofort, ich brauche euch.«

Einem wird's ganz warm ums Herz

MISS MELLI WAR VERÄRGERT, weil Aldwyn sich nicht still verhalten und abgewartet hatte, bis sie zurückkam und ihm half, aus diesem Kühlhaus zu entkommen. Dabei hatte er dem Mädchen doch gehorcht, jedenfalls so gut es ging. Das war ihm nicht ganz leichtgefallen. Wer ließ sich schon gerne von einem Mädchen etwas sagen, auch wenn es ein so liebreizendes Mädchen wie Melli war?

Mädchen hatten nett und hübsch und vor allem bescheiden und still zu sein, sich nicht in den Vordergrund zu drängen und darauf zu warten, dass sie irgendwann geheiratet wurden. Am besten war es, wenn sie einen Mann bekamen, der *eine gute Partie* war, so hatte es Aldwyns ehemaliger Dienstherr, der Besitzer der Kohlemine, ihm beigebracht. Der musste wissen, wovon er sprach, denn er hatte gleich fünf Töchter im heiratsfähigen Alter gehabt. Eine Strafe Gottes sei das, hatte er im Spaß einmal gesagt, aber Aldwyn hatte das Gefühl gehabt, dass er es auch ein kleines bisschen ernst meinte. So viele Männer, die eine *gute Partie* waren und über Geld oder Landgüter oder einen hübschen Adelstitel verfügten, hatte es in ihrer Gegend nämlich nicht gegeben.

Ob dieser Hotte eine gute Partie war? Würde Melli ihn vielleicht eines Tages heiraten? War sie ihm sogar schon versprochen?

Vielleicht hatten sich in der Zeit, die Aldwyn im ewigen Eis verbracht hatte, eine Menge Dinge geändert. Ganz sicher sogar. Miss Melli trug ganz andere Kleider. Hosen trug sie. Nichts mit hübschen Reifröcken und graziösen Sonnenschirmchen, mit Schleifchen aus Seide im Haar. Fast sahen ihre Kleider aus wie die von einem Jungen. Vielleicht waren Mädchen auch gar nicht mehr dazu da, geheiratet zu werden; im Gegenteil, zu bestimmen, wo es lang ging, jedenfalls war das der Eindruck von Miss Melli. Es hatte sich wohl das doch ganze Menge geändert.

Aber das alles war Aldwyn egal. Sehr egal, denn er hatte sich – verliebt. Ja, das spürte Aldwyn ganz deutlich.

Er war zwar bei seinem Tod erst 14 Jahre alt gewesen, aber in diesem Alter konnte man sich verlieben. Die einfachen Seemänner an Bord der Erebus hatten über ihn gescherzt. Höchste Zeit würde es, dass er mal ein Mädchen *näher* kennenlerne, vielleicht ein Eskimomädchen, denn das waren die einzigen weiblichen Wesen, die man dort oben antraf. Der Erste Offizier, Lieutenant Gore, hatte geschmunzelt und den Männern befohlen, Aldwyn nicht auf dumme Gedanken zu bringen.

Genau das war nun passiert.
Er hatte sich verliebt.
In Miss Melli.

Das durfte sie auf keinen Fall erfahren, aber es war so. Und deshalb tat es ihm besonders weh, dass sie nun so verärgert zu ihm gesprochen hatte.

Das gebratene Ferkel hatte wirklich gezwinkert, nicht nur das: Gesprochen hatte es ebenfalls. Spätestens da hatte Aldwyn erkannt, wer sich in dem speckigen Monstrum verbarg. Der flammende Kerl mit dem fehlenden Auge.

Er hatte auf Aldwyn eingeredet, ihn aufgefordert, mit ihm zu kommen. Er werde Aldwyn befreien, auf das Mädchen dürfe er nicht hoffen. Ein wunderschönes Leben hatte er Aldwyn versprochen, an einem warmen, einem mollig warmen Ort.

»Du wirst niemals mehr frieren«, hatte er gesagt.

Niemals mehr frieren. Das war verführerisch gewesen.

»Das Mädchen kommt nie zurück«, hatte er gesagt.

Das hatte Aldwyn selbst befürchtet, aber irgendetwas in der Stimme des Einäugigen hatte Aldwyns Verdacht erregt.

»Wenn du aus dieser misslichen Situation befreit werden willst, musst du den Brief an Lady Jane übergeben«, hatte er gesagt. »Das Mädchen wird es von dir verlangen. Es *muss* es von dir verlangen, so sind die Regeln.« Darauf hatte der Einäugige so laut und schäbig gelacht, dass Aldwyn klar wurde: Er konnte es nicht gut mit ihm meinen.

Aldwyn schrie ihn an, verjagte ihn, aber der Kerl kam immer wieder und redete auf ihn ein.

Wenn er nicht versuchte, ihn zu beschwatzen, machte er Mätzchen wie mit dem Spanferkel – bis Aldwyn die Geduld verlor und nach Melli gerufen hatte. Nun war sie da. Zusammen mit diesem Hotte und einem Hund von der Größe eines Kalbs. Außerdem die Frau, der dieses Kühlhaus und die ganzen Würste und Schinken und Koteletts und Pasteten gehörten. Und zu allem Überfluss auch noch die beiden Herren, die das Mädchen gerufen hatte. All diesen von den Geschehnissen zu erzählen, war Aldwyn ein wenig peinlich. Viel lieber hätte er doch mit Miss Melli alleine gesprochen.

Ein Problem kommt selten allein

»Du hast grosses Glück, dass ich den Poltergeist in Budapest endlich aus dem Verkehr ziehen konnte«, sagte Erasmus Schöngeist. Einen Gruß gab es nicht, auch kein Zeichen, dass er sich freue, mich zu sehen.

»Wir«, verbesserte Lodovico seinen Gefährten. »*Wir* haben den Poltergeist aus dem Verkehr gezogen, und genau genommen haben wir ihn nur vorübergehend, wie soll ich sagen …? Unter Verschluss genommen, das trifft es wohl am besten.«

Er deutete auf die rote Blechdose in Erasmus' Hand. Darauf war ein blauweißer Schneemann abgebildet, der Hustenbonbons lutschte. Lodovico legte sein Ohr daran.

»Er schläft wohl. Da können wir froh sein, denn ein Poltergeist kann in einer Blechdose eine Menge Spektakel veranstalten. Als ich ihn in die Falle lockte, sagte ich noch: Wertester Schöngeist, lass uns lieber einen Sack oder etwas in der Art nehmen –«

»Wer, bitte schön, hat ihn in die Falle gelockt? ICH!«, schnitt Erasmus ihm das Wort ab. »Und wir befanden uns in einer Apotheke, da war nicht so schnell ein Sack zu greifen …«

So ging es erst einmal hin und her. Bisher hatte ich noch nicht herausgefunden, in welchem Verhältnis die beiden zueinander standen. Auf jeden Fall waren sie so etwas wie Kollegen. Ein bisschen wie die zwei zänkischen Kommissare in einer Krimiserie, die ich einmal heimlich mit Cindy geguckt hatte, als unsere Eltern gemeinsam ausgegangen waren. Manchmal wirkten sie auch wie ein altes Ehepaar, das sich dauernd stritt, foppte und wieder versöhnte.

»Ruhe jetzt!«, rief ich, als das Gezerre um die Frage, wer nun der Held dieser Geschichte war, kein Ende nahm.

»Huch«, sagte Erasmus Schöngeist.

»Hoppla«, sagte Lodovico Geistreich.

»Wir haben hier ein Problem«, sagte ich.

»Wer sind *wir*?«, fragte Erasmus.

Lodovico schaute sich um.

Er erblickte Hotte, dann Roddie, der sich gerade über eine von den 1a Rackermanns Kringelwürsten hermachte. Zuletzt sah er Isolde Rackermann, die mit weit aufgesperrtem Mund die beiden Herren anstarrte. Da Erasmus und Lodovico nicht einfach durch eine Tür eintraten, sondern langsam wie zwei Nebelgestalten aus dem Nichts erschienen, hatte dieser Auftritt einen starken Eindruck auf Isolde Rackermann gemacht. Ihre Nerven waren sowieso schon etwas zu stark beansprucht worden in dieser Nacht.

Vielleicht, dachte ich mir, hättest du sie vorwarnen sollen, vielleicht sind mehrere Besucher dieser Art, besonders wenn es sich um derart zänkische Plappermäuler wie Schöngeist und Geistreich handelte, zu viel für einen normalen Menschen. Richtig gedacht, stellte ich einen Wimpernschlag später fest.

Die Metzgersfrau schnappte zweimal nach Luft, dann fiel sie in Ohnmacht. Hotte breitete die Arme aus und konnte ihren Fall gerade noch abfangen. Langsam glitt sie zu Boden. Hotte lagerte ihren Kopf auf Roddies Schultern. Der Hund lag da und störte sich nicht daran. Solange er weiter Kringelwürste fressen durfte, war alles in Ordnung für ihn.

»Die Frau hat ein Problem«, sagte Lodovico. »Ein akuter Fall von schwachen Nerven.«

»Wollt ihr mir nun helfen oder nicht?«, fragte ich. Zur Bekräftigung stampfte ich einmal mit dem Fuß auf. So etwas tat ich eigentlich seit meinem siebten Geburtstag nicht mehr, aber anders war den Streithahnen wohl nicht beizukommen.

»Das müssen wir. Wohl oder übel«, sagte Erasmus. »Das ist unsere Aufgabe. Und deine Urgroßschwiegercousine Emilie hat nie mit dem Fuß aufgestampft. Das gehört sich nicht. Um was also geht es?«

»Besser gesagt: um wen?«, sagte Lodovico.

»Verbessere mich nicht andauernd, sonst ...«, hob Erasmus an, verstummte aber sofort bei dem giftigen Blick, den ich ihm zuwarf.

»Einen Geist«, sagte ich.

»Na ja, um was sonst«, antwortete Erasmus Schöngeist. »Der, über den wir neulich gesprochen haben?«

»Ein Mordopfer? Hat die da ihn abgemurkst?«, fragte Lodovico.

»Nein, er ist ungefähr 150 Jahre alt und tiefgefroren«, sagte Hotte. »Ich habe noch nie von Geistern aus Eis gehört oder gelesen –«

»Du hast von einer Menge nicht gehört oder gelesen, das kann ich dir garantieren, mein lieber Junge«, sagte Erasmus. »Ich gebe allerdings zu, dass Eisgeister wirklich selten sind, obwohl gar nicht so wenige Menschen erfrieren. Schauen wir uns den Burschen einmal an. Da drinnen ist er?« Er zeigte auf die Tür zum Kühlhaus.

»Es gibt allerdings noch ein Problem«, sagte ich.

»Aha?«, fragte Lodovico. »Noch ein Problem? Ich glaube, das nennt man Salami-Taktik, oder? Scheibchen für Scheibchen mit der Wahrheit herausrücken? Nun, das passt ganz gut in eine Metzgerei.« Er lachte herzhaft über seinen eigenen Witz, den sonst jedoch niemand komisch fand.

»Der Einäugige war bei ihm«, rückte ich mit dem zweiten Scheibchen der ganzen Wahrheit heraus. »Um ehrlich zu sein: Vielleicht ist er immer noch da drinnen«, sagte ich. Dann erzählte ich ihnen die Geschichte mit dem Spanferkel, dem zwinkernden Auge und der Augenklappe.

Erasmus zog die Augenbrauen hoch, sagte jedoch nichts. Er stellte die Dose mit dem Poltergeist auf die Verkaufstheke. »Pass schön darauf auf«, befahl er Roddie. »Dann wollen wir mal schauen«, wandte er sich an mich.

ALDWYN STAND IMMER NOCH IN DER HINTERSTEN ECKE des Kühlhauses und starrte das Spanferkel an. Mir fiel sofort auf, dass es keine Augenklappe mehr trug und genauso tot aus zwei toten Augen starrte, wie es sich für jedes kross gebratene Spanferkel gehörte. Als Aldwyn Erasmus und Lodovico erblickte, seufzte er kurz, hielt sich aber still, genau wie ich es ihm geraten hatte.

»Brrrr, das ist aber frisch hier«, sagte Lodovico. Er hauchte seine Fingernägel an und polierte sie am Ärmel seines Jacketts. Spätestens jetzt konnte man erkennen, dass die beiden Herren ein kleines bisschen anders waren. Während vor meinem und Hottes Lippen deutlich der warme Atem in kleinen Wölkchen aufstieg, sah man von Lodovicos Hauch: nichts. Er hatte schlichtweg keinen Atem.

»Fang jetzt nicht an zu jammern«, sagte Erasmus. »Du weißt genau, dass du keine Kälte spürst.«

»Aber ich …«, flüsterte Aldwyn.

»Warum flüsterst du?«, fragte Erasmus.

»Weil Miss Melli befohlen hat, ich soll leise sein.«

Lodovico lächelte schelmisch und zwinkerte mir zu. »Verstehe! Und was *Miss* Melli befiehlt, das befolgen wir am besten.« Er stupste Erasmus in die Seite.

»Stups mich nicht, wie oft soll ich das noch sagen?«

Lodovico stupste ihn erneut und raunte: »Wir haben nicht nur ein Exemplar aus Eis. Der Junge ist auch noch verliebt. So wahr ich hier stehe, er ist verliebt.«

Hotte horchte auf. »Geister können sich verlieben?« Er zog ein Notizbüchlein und einen Bleistift aus der Hosentasche und begann zu schreiben. »Das ist ja ein Ding.«

»Also, jetzt noch einmal die ganze Geschichte«, sagte Erasmus.

Augenblicklich redeten drei Personen gleichzeitig: Hotte, Aldwyn und ich.

»Stopp«, rief Erasmus. »Nur du!« Er zeigte auf mich.

Ich versuchte, ihm alles möglichst genau zu erzählen, was wir bisher wussten. Aldwyn unterbrach mich nur einmal, als ich die beiden Schiffe verwechselte, die zur Expedition von Sir John Franklin gehört hatten. Außerdem ergänzte er, wie sehr der Einäugige ihn bedrängt hatte.

»Nun ja, das ist auch unverantwortlich, ihn alleine in diesem Kühlhaus sitzen zu lassen«, sagte Erasmus zum Schluss.

Der strenge Blick, den er mir zuwarf, ließ keinen Zweifel daran, wer Erasmus' Ansicht nach unverantwortlich gehandelt hatte.

»Du hättest ihn unversehens in die Villa schaffen müssen. Nur dort, in der Nähe der Pforte, ist er sicher vor dem Verführer. Der Einäugige kennt alle Tricks und Schliche, um diese armen verlorenen Seelen zu sich ins Dunkle Jenseits zu locken. Keine Schmeichelei lässt er aus und kein Betrug ist ihm zu hinterhältig. Eine gute Pförtnerin muss sich um so etwas kümmern.«

Der letzte Satz fühlte sich an wie ein Stich in die Brust. Er war gemein. Schließlich hatte ich mir die Aufgabe nicht ausgesucht. Emilie hatte sie mir mit dem Erbe der Villa übertragen. Aldwyn war erst mein zweiter Fall. Außer den paar Erfahrungen, die ich gesammelt hatte, als ich dem italienischen Mädchen beim Übergang ins Jenseits half, wusste ich kaum etwas über die Seelenwanderung. Auch Hotte mit seinen Handbüchern war da keine große Hilfe. Mir war jedoch klar, dass ich mich so nicht herausreden konnte.

Ich hatte den Schlüssel zur Pforte empfangen, ich hatte den Auftrag meiner Urgroßschwiegercousine angenommen, ich hatte die Villa als Erbe akzeptiert.

Nein, ich würde keine Ausreden erfinden, obwohl ich darin sehr gut war. Wenn Cindy und ich keine Hausaufgaben gemacht hatten, war mir immer etwas eingefallen, was wir dem Lehrer erzählen konnten.

Jetzt zählten nur die Fakten.

»Aldwyn braucht die Kälte, sonst brennt sein ganzer Körper wie Feuer«, gab ich zurück.

»Sein Körper kann nicht brennen. Er ist ein Gespenst, eine verlorene Seele. Er besteht nicht aus Materie. Außer dem Ektoplasma, das sie verströmen, sind sie nichts als ein Hauch, ein Gedanke. Deswegen können viele sie gar nicht sehen.« Lodovico lächelte mich freundlich an.

»Außer mit meinem Ektofokular«, machte Hotte auf sich aufmerksam.

Lodovico trat näher an Aldwyn heran. Er beäugte ihn, dann zog er eine kleine weiße Pfeife aus der Westentasche.

»Du kannst jetzt kein Pfeifchen rauchen, Lodovico«, sagte Erasmus. »Du weißt, was dann passiert.«

Sein Kollege verdrehte die Augen. »Natürlich weiß ich das, aber du weißt auch, dass man sie besser nicht berührt, wenn man nicht sicher ist ...« Er fasste die Pfeife am vorderen Teil und pikste Aldwyn mit dem Mundstück in den Bauch.

Aldwyn kicherte.

Lodovico pikste noch einmal.

Aldwyn gluckste.

Lodovico pikste zweimal schnell hintereinander.

Aldwyn kicherte und gluckste.

»Kein Zweifel«, sagte Lodovico schließlich. Er schaute Erasmus an. »Denkst du, unser Aldwyn ist, was ich denke, was er ist?«

Mir schwirrte von seinem rätselhaften Gerede der Kopf.

»Ausnahmsweise muss ich dir recht geben, Lodovico. Ich betone: *ausnahmsweise*«, sagte Erasmus Schöngeist. »Ich denke, Aldwyn ist, was du denkst, was er ist.«

Mir platzte der Kragen. »Und ich denke, dass Sie beide verrückt sind.«

Lodovico straffte die Schultern. »Lass es mich erklären ...«

»Ich bitte darum!«

»Normalerweise stirbt eine Person und ihre Seele durchläuft danach 26 Stationen –«

»83 Stationen!«, warf Erasmus dazwischen.

»Er ist ein Korinthenkacker«, raunte Lodovico.

»Das habe ich gehört!«

»Wie auch immer«, fuhr Lodovico fort, »je nach Zählweise

sind es 26 oder 83 Stationen der Loslösung vom Körper des Verstorbenen und die Seele verschwindet ins Jenseits. Die netten Leute in den hellen Teil davon und die fiesen in den dunklen Teil. Das Ganze geht *ratzfatz*, im wahrsten Sinne ein Herzschlag und die Sache ist erledigt. Manchmal geht das aber daneben, weil eine Seele noch eine Schuld auf der Erde zu begleichen hat oder noch etwas Dringendes erledigen muss.«

»Dafür gibt es viele Beispiele«, sagte Erasmus. »Ich glaube, es war im Jahr 1906, da verkaufte der Geist eines Straßenbahnschaffners immer weiter den Fahrgästen im schönen Paris Fahrscheine, obwohl er schon seit Monaten in seinem Grab ruhen sollte. Nur wenige Passagiere sahen ihn, meistens hörte man nur das Klimpern des Wechselgeldes und niemand kümmerte sich darum.

Am 4. August des besagten Jahres, der Sommer brütete heiß über der Stadt, riss der Geist des Schaffners plötzlich die Tür zur Kabine des Fahrers auf, stieß einen gellenden Schrei aus – und weckte so den Fahrer der Straßenbahn. Er war in der schwülen Luft eingenickt. Vor Schreck machte er eine Vollbremsung. Ein paar Fahrgäste purzelten durch den Waggon, ein Herr brach sich die Nase, eine Dame verlor ihren falschen Haardutt und ein Taschendieb blieb mit der Hand in der Tasche eines Mannes stecken. Und ein Wunder geschah: Die Straßenbahn kam genau zehn Zentimeter vor einem kleinen Mädchen zum Stehen, das auf den Gleisen verzweifelt seinen Puppenwagen aus den Schienen befreien wollte. Der Geist des Straßenbahnschaffners hatte ihr das Leben gerettet.«

»Und wisst ihr, wer das Mädchen war?«, fragte Lodovico.

Als wir alle den Kopf schüttelten, sagte er: »Seine eigene Enkeltochter.«

»Nun ja, solche Geschichten erleben wir oft«, sagte Erasmus. Er schniefte, weil er von seiner eigenen Erzählung so gerührt war. »Die Seele ging davon und alles war in Ordnung, niemand hat ihn jemals wieder klimpern hören, nur der Straßenbahnfahrer erzählte von ihm und alle hielten ihn für verrückt.«

»Auf jeden Fall gilt: Ein Gespenst ist nicht kitzelig wie Aldwyn. Ein Gespenst verspürt keinen brennenden Schmerz, auch wenn du es mit dem Hintern ins Kaminfeuer setzt, und ein Gespenst verliebt sich nicht«, sagte Lodovico.

»Wir wissen doch gar nicht, ob er verliebt ist«, sagte Erasmus.

»Ich bin mir aber sicher. In meinem Leben war ich Experte für so etwas«, erwiderte Lodovico. »In Liebesdingen macht mir keiner etwas vor.«

Erasmus Schöngeist und Lodovico Geistreich hatten zu ihren Lebzeiten etwas eigenartige Berufe, die heutzutage aus der Mode gekommen sind. Lodovico stand Damen der vornehmen Gesellschaft als Unterhalter für schöngeistige Gespräche zur Verfügung. Er plauderte mit ihnen über die neuesten Romane oder Theaterstücke, und eine gehörige Portion Klatsch und Tratsch durfte auch nicht fehlen.

Erasmus hingegen war ein hervorragender Briefeschreiber. Also schrieb er Briefe für Leute, die Probleme damit hatten, ihre Gefühle schriftlich zu offenbaren, oder denen einfach nichts einfiel, was sie ihren Liebsten und manchmal auch ihren Feinden in der Ferne schreiben sollten. Bevor es Smartphones und SMS gab, konnte man damit richtig gut Geld verdienen, behauptete er. Seine Spezialität waren flammende Liebesbriefe, die das Herz jeder Angebeteten schmelzen ließen.

»Ob er verliebt ist, ist jetzt egal. Dass er kitzelig ist, haben wohl alle gesehen«, fuhr Lodovico fort.

Mir wurde langsam klar, was Lodovicos Worte bedeuteten. Wenn Gespenster nicht kitzelig sein und körperliche Schmerzen verspüren konnten, war Aldwyn vielleicht gar kein Gespenst. Aber was war er dann? Vor ein paar Monaten hatte ich im Frühstücksfernsehen einen Bericht darüber gesehen, dass ein paar reiche Typen sich einfrieren lassen wollten. Wenn der medizinische Fortschritt so weit war, dass man alle Krankheiten heilen konnte, wollten sie sich wieder auftauen lassen. Mama hatte das Fernsehen ausgeschaltet und gesagt: »Tod, einfrieren, Krankheit!? Beim Frühstück? Da vergeht einem doch der Appetit!« Deshalb wusste ich nun nicht, ob dieses Verfahren schon funktionierte.

Vielleicht war Aldwyn der Beweis dafür?

»Aber er verströmt doch Ektoplasma«, sagte ich. Weit war es mit meinem Wissen über Gespenster noch nicht her, aber das immerhin wusste ich. Ektoplasma war noch nie bei einem lebenden Menschen nachgewiesen worden.

Hotte nickte. »Genau!«, sagte er. Es klang ein wenig nach: »Sie nimmt mir die Worte aus dem Mund. Genau das wollte ich gerade sagen.«

»Könnte er trotzdem noch leben?«, fragte ich.

»Mir ist völlig egal, ob er lebt oder nicht!« Isolde Rackermann stand in der Tür. Sie hatte sich wieder aufgerappelt. »Wer auch immer hier in meinem Kühlhaus sein Unwesen treibt, eines ist klar. Er soll verschwinden. Und dann würde ich gerne wissen, wer die bisher elf Pfund 1a Rackermanns Kringelwurste bezahlt, die dieses Monstrum von Hund schon gefressen hat. Und die vier Schweinekoteletts und das Kilo Gulasch?!«

Roddie schaute mit einem Unschuldsblick zu ihr auf und nahm die Witterung weiterer Leckereien auf.

»Gnädige Frau, im Augenblick geht es, bei allem Respekt vor der gnädigen Frau und den Problemen, die dieser Besucher im Kühlhaus der wertesten Dame macht, also, im Augenblick gibt es ganz andere Schwierigkeiten, die wir zu lösen haben.«

Lodovico legte eine riesige Portion Schmeichelei und Verführungskunst in die Worte. So hatte er damals in seiner beruflichen Tätigkeit als Gesellschafter sicher geklungen. Einer gestandenen Metzgersfrau musste er damit nicht kommen, auch wenn ihre Nerven gerade blank lagen.

»Bleiben Sie mir weg mit *werteste* und kommen Sie mir nicht mit *gnädige*. Ich will meine Ruhe!«

»Es gibt da ein Problem«, sagte ich und zeigte auf Aldwyn.

»Wie kommt dieses …«, sie suchte nach dem passenden Wort, »… dieses Dings in mein Kühlhaus?«

»Das ist ein Gespenst«, sagte Hotte.

»Nun ja, so etwas Ähnliches«, sagte Lodovico. »In besonders seltenen Fällen löst sich die Seele nicht vollständig vom Körper des Verstorbenen, dann wird es kompliziert.«

»Und dieser Aldwyn aus dem Eis ist so ein Fall«, sagte Erasmus.

Bevor er oder Lodovico das genauer erklären konnten, drang vorne aus der Metzgerei ein Geräusch zu uns. Die Ladenklingel schellte. Und jemand rief: »Hallo? Ist jemand da? Isolde?«

Ich zuckte zusammen, denn ich war die Einzige, die sofort wusste, wer dort rief: Es war meine Mutter.

Ein Umzug mit Hindernissen

WIR KONNTEN GERADE EINE PERSON NICHT BRAUCHEN, und das war Mama. Schon seit ich die Pforte für Aurora zum ersten Mal geöffnet hatte, fragte ich mich, ob ich ihr von meiner neuen Tätigkeit als Pförtnerin erzählen sollte.

Hotte hatte davon abgeraten. Er befürchtete, dass Erwachsene uns entweder für verrückt erklären oder uns ständig dazwischenquatschen oder uns die Sache gleich ganz verbieten würden. Oder alles zusammen.

Auch Erasmus und Lodovico waren von der Idee wenig erfreut. »Je weniger über uns Bescheid wissen, desto besser. Mitwisser machen nur Ärger«, hatte Erasmus gesagt. Darüber, dass Isolde Rackermann nun eine solche Mitwisserin war, würden die beiden Herren mir sicherlich auch noch eine Standpauke halten.

»Das ist deine Mutter«, stellte Frau Rackermann fest, als es im Ladenlokal rumpelte und Mama noch einmal »Hallo?« und »Isolde?« rief. »Sie hat Frühdienst«, flüsterte Mamas Chefin. »Zweimal die Woche kommt sie um 5:30 Uhr und schmiert die Wurstbrötchen. Unser Verkaufsschlager ist der *Bauarbeiter*. Eine zwei Zentimeter dicke Scheibe Fleischwurst auf Graubrot mit extra Senf und Remoulade für nur einen Euro und 60 Cent. Die LKW-Fahrer biegen dafür sogar von der Autobahn ab.«

Ich schaute auf die Uhr. Es konnte unmöglich schon halb sechs sein. Aber der Zeiger rückte genau in diesem Moment auf genau diese Uhrzeit vor.

»Galoppierende Zeit«, sagte Hotte.

»Verdammter Mist«, entfuhr es mir.

»Ich muss doch sehr bitten«, sagte Lodovico.

Aldwyn wimmerte leise. »Bitte nicht weggehen.«

Die Anwesenheit von Besuchern aus dem Jenseits veränderte die Zeitabläufe. Mit dem Einsatz der sogenannten Zeitzähe hatte der Einäugige es schon einmal geschafft, die Minuten, sogar die Sekunden so zu verlangsamen, dass alles wie in absoluter Zeitlupe verlief, zäh und unendlich schleppend. Bei der galoppierenden Zeit passierte genau das Gegenteil. Die Zeit rannte einem davon und man merkte es kaum.

»Was sollen wir tun?«, fragte Hotte.

Eine Antwort konnte ich nicht geben. Das nahm mir Isolde Rackermann ab. »Genau das, was ihr mir versprochen habt: Diesen ... diesen ... diesen Geist oder was auch immer er ist mitnehmen und verschwinden. Allesamt. Raus hier! Weg. Ich will endlich meine Ruhe!«

»Gnädige Frau«, schaltete sich Lodovico ein. »Das ist ganz

und gar unmöglich. Wenn er auftaut, macht er ein Spektakel, wie sie es noch nicht erlebt haben.«

»Dann darf er eben nicht auftauen«, sagte Frau Rackermann.

»Isolde? Bist du da drin?«, hörten wir die Stimme meiner Mutter im Flur, der zum Kühlhaus führte.

Es war zu spät. Wir konnten ihr kaum mehr entkommen.

Lodovico und Erasmus verbeugten sich. Bevor sie wieder aufrecht standen, lösten sie sich auch schon in nichts auf.

In meinem Kopf galoppierten nun die Gedanken. »Wimmeln Sie meine Mutter ab«, befahl ich Frau Rackermann.

Die Metzgersfrau schaute mich überrascht an. Der Tonfall, in dem ich mit ihr sprach, gefiel ihr nicht, aber sie reagierte sofort. Sie schlurfte hinaus und schob die Tür des Kühlhauses hinter sich zu, ohne sie jedoch zu verschließen.

Dumpf hörte ich ihre Stimme: »Oh, du bist schon da, in aller Herrgottsfrühe. Weißt du was, wir sollten erst einmal oben in meiner Küche ein Tässchen starken Kaffee trinken und ein leckeres Schnittchen mit Mettwurst essen?«

»Aber wer schmiert die Bauarbeiter-Brötchen?«, fragte Mama.

Ich linste durch den schmalen Spalt, den die Tür noch offen stand. Frau Rackermann schob Mama durch den Flur zu der Treppe, die hinauf in den ersten Stock führte, wo die Wohnung der Metzgersfrau lag. Sobald sie um die Ecke verschwunden waren, huschte ich hinaus. Ich erinnerte mich, dass rechts im Flur neben der Tür mit dem Schild *Büro* ein Schlüsselbrett hing. Jeder Haken darauf war beschriftet: *Laden* stand auf einem, *Hintereingang* auf dem nächsten und so weiter. Den Schlüssel ganz links und den für die Hintertür nahm ich.

»Was machst du da?«, fragte Hotte, als ich zurück in das Kühlhaus kam.

»Räum den Wagen da drüben ab«, sagte ich. »Schnell, sonst stehen Frau Rackermann und Mama gleich wieder hier.«

Hotte tat ohne zu murren, was ich von ihm verlangte.

Ich schob den leeren Servierwagen nach hinten, wo Aldwyn sich versteckt gehalten hatte. »Aldwyn, wo bist?«, flüsterte ich.

Etwas Grünliches schimmerte hinter ein paar mächtigen Schinken hervor.

»Hier«, antwortete er zaghaft.

»Leg dich bitte da drauf.« Ich zeigte auf das untere Fach des Wagens. »Und jetzt halte dich fest und mach keinen Mucks.«

Auch er hatte den Ernst der Lage erfasst und tat, was ich sagte.

Wir schoben ihn hinaus, links durch den Flur zur Hintertür.

»Willst du mir endlich sagen, was wir hier tun?«, fragte Hotte.

Aldwyn begann schon zu wimmern. »Es ist so warm …« Die letzte Silbe ballte sich zu einem Brausen. »… aaaaaaarrrm … sooooo … aaaarrrm …«, schallte es.

»Wir bringen ihn von hier weg«, sagte ich. »Wie wir es Frau Rackermann versprochen haben. Schließ die Tür auf!« Ich hielt Hotte den Schlüssel hin.

»Eeeees breeeeeeeennt au-au-au-aufff meiner Hau-uuuut …«, stöhnte Aldwyn.

In den Hinterhof fielen bereits ein paar Sonnenstrahlen durch die Äste der umstehenden Bäume. Ich überquerte den Hof und steckte den zweiten Schlüssel, den ich von dem Brett im Flur genommen hatte, ins Schloss des Lieferwagens, der dort stand. »Das ist ein Kühlwagen«, flüsterte ich Hotte zu.

Hotte grinste mich an. Er hielt mir die erhobene Handfläche hin und ich klatschte ihn ab. Aldwyn vergaß für einen kurzen Moment das Jammern, als wir ihn in den Transporter verfrachteten.

»So, jetzt machen wir es dir hübsch gemütlich kalt.« Ich verriegelte die Tür.

»Und jetzt?«, fragte Hotte. Das Grinsen war ihm schon wieder vergangen.

»Bringen wir ihn in die Villa.« Ich versuchte, diesen Worten einen absolut selbstverständlichen Klang zu geben.

»Damit?« Hotte zeigte auf den Transporter.

»Hm«, sagte ich.

»Das ist ein Auto«, sagte Hotte.

»Hm.«

»Ein Auto muss man fahren.«

»Hm.«

»Kannst du –«

»Ich dachte, du kannst«, schnitt ich ihm das Wort ab.

»Theoretisch ja. Kupplung treten, Zündschlüssel drehen, im ersten Gang anfahren.«

»Das kriegen wir hin«, sagte ich.

Ich sagte ihm nicht, dass wir in New York gar kein Auto gehabt hatten. Wir waren immer mit der U-Bahn gefahren, weil es uns durch den Job meiner Mutter nichts gekostet hatte. Mr Featherbread, Cindys Vater, besaß sieben Autos, die zusammen ungefähr 2000 PS hatten. Und einen Chauffeur hatte er auch, bei dem wir immer hinten in der acht Meter langen Limousine sitzen mussten. Ronald, so hieß der Chauffeur, hatte mich einmal vorne mitgenommen und mir erklärt, worauf es ankam. »Die Kupplung schnell durchtreten, schnell in den nächsten Gang schalten, und dann, kleine Lady?«, hatte er gefragt.

»Die Kupplung schnell loslassen«, hatte ich voller Stolz geantwortet und Ronald hatte gelacht.

»Genau falsch. Mit *Gefüüüüühl* kommen lassen und wieder Gas geben. Kuppeln mit links, Gas geben mit rechts.« Die gesamte Strecke nach Hause hatte er immer wiederholt: »Schnell, schnell, *Gefüüüüühl*.«

Da Hotte noch weniger Ahnung vom Autofahren hatte als ich, setzte ich mich hinter das Steuer. Das erste Problem tauchte schon auf, bevor ich den Schlüssel ins Schloss gesteckt hatte.

Ich musste ganz nach vorne auf die Kante des Fahrersitzes rutschen, um überhaupt an die Pedale zu kommen. Um über das Armaturenbrett zu schauen, musste ich mich am Lenkrad festklammern, kerzengerade hinsetzen und aufpassen, dass ich nicht vom Polster rutschte und zwischen Bremse und Kupplung landete. Die Kupplung ganz bis unten durchzudrücken, blieb trotzdem ein kleines Kunststück.

Mit den ersten drei Versuchen kamen wir ungefähr zehn Meter weit. Zweimal würgte ich den Motor ab, beim dritten Mal schafften wir es ungefähr bis in die Mitte der Durchfahrt, die zur Straße führte.

»Wenn es so weitergeht, kommen wir nicht vor der nächsten Eiszeit bis zur Villa«, knurrte ich.

»Wäre gar nicht so schlecht, dann bräuchten wir keinen Kühltransporter, sondern könnten ihn in einem Einkaufswagen nach Hause schieben«, sagte Hotte.

»Schnell, schnell, Geführüühl«, sagte ich.

»Was?«, fragte Hotte.

»Nichts«, antwortete ich.

Ich wollte gerade den vierten Versuch starten, da patschte etwas gegen die Scheibe der Beifahrertür. Hotte hopste vor Schreck fast auf meinen Schoß.

Isolde Rackermann stand da. Sie hatte einen Kittel der Metzgerei mit dem fröhlich lachenden Schwein darauf übergezogen. »Ihr seid wohl vom Wahnsinn befallen?«, schnauzte sie. »Wollt ihr mich etwa ruinieren? Ihr Knirpse kriegt die Karre doch nicht einmal heil bis zur Straße.«

»Wir sollten Sie von dem Besucher im Kühlhaus befreien, und das tun wir gerade. Aber das geht nur mit ihrem Kühlwagen«, sagte ich. Leider passte ich einen kurzen Moment nicht auf, mein Fuß glitt von der Kupplung, der Wagen machte einen Satz nach vorne. Ich rutschte vom Sitz und landete auf der Gummimatte im Fußraum.

Frau Rackermann verdrehte die Augen. »Außerdem habt ihr etwas vergessen.« Sie streckte mir die rote Blechdose mit dem Schneemann darauf entgegen.

Der Poltergeist in der Dose.

Erasmus und Lodovico hatten ihn im Metzgersladen stehen lassen. Hotte nahm ihn fix an sich.

»Rutsch rüber«, sagte Frau Rackermann. »Deine Mutter schmiert in der Küche Wurstbrötchen, damit ist sie eine Weile beschäftigt.«

Um ehrlich zu sein, war ich froh, dass Frau Rackermann uns auf dem schnellsten Weg nach Hause brachte. Fußgänger gab es um diese Zeit noch wenige, auch kam uns nur ein Auto entgegen, aber ich hätte genug Gelegenheiten gehabt, um ein paar Straßenschilder, Mülleimer oder Werbetafeln über den Haufen zu fahren.

»Und was machen wir in der Villa mit ihm?«, fragte Hotte besorgt, als wir in unsere Straße bogen.

»Im Keller steht eine Kühltruhe«, beruhigte ich ihn. Ich verschwieg ihm allerdings, dass das Gerät ziemlich angerostet aussah. Ob es noch funktionierte, war ungewiss. Mamas Lieblingsspruch lautete: »Es braucht bloß eine zupackende Hand und ein paar Ideen!« Damit bekam man angeblich alles in den Griff. Darauf musste ich hoffen.

WIR BUGSIERTEN ALDWYN MIT EINIGER MÜHE in den Keller unseres Hauses. Er meckerte ein bisschen, als wir ihn in die muffige und enge Kühltruhe sperren wollten. Nach wenigen Minuten spürte er jedoch, wie die Wärme zu prickeln und zu piksen begann, und er gab sich geschlagen.

»Die sieht aber nicht sehr funktionstüchtig aus«, sagte Hotte.

Als wolle er das bestätigen, schnupperte Roddie die Truhe ab und winselte leise.

Ich suchte den Stecker und stöpselte ihn ein. Dabei zischte und blitzte die Steckdose, ein Stromschlag fuhr mir in die Fingerspitzen. »Autsch!«, rief ich.

Hotte, Roddie und ich starrten die Kühltruhe an.

Es passierte nichts.

»Vielleicht muss man sie irgendwo einschalten?«, fragte Hotte.

Das hatte ich schon getan, aber ich drückte den Knopf noch einmal und noch einmal.

Es passierte nichts.

»Verdammt«, zischte ich.

»Methode Rambo«, sagte Hotte. Er trat einmal mit ordentlicher Wucht gegen das widerspenstige Gerät, es knarrte, stotterte dreimal und erstarb wieder.

»Aller guten Dinge sind drei«, sagte ich und wir traten beide noch einmal zu. Drinnen rumpelte es. Ich hob den Deckel. »Alles in Ordnung?«, fragte ich.

Aldwyn nickte.

Als ich den Deckel zuschlug, überlegte die Kühltruhe es sich. Plötzlich erfüllte ein leises Surren den Raum. Die Lämpchen neben dem Schalter flackerten. Rot, grün, rot – dann blieben sie grün.

»Was macht ihr da?«, fragte jemand.

Hotte und ich drehten uns um.

Mein kleiner Bruder stand da. Er trug noch seinen Schlafanzug mit den Rennautos darauf, im Arm hielt er seinen Schnuffelhasen Bugs.

»Was ist da drin?«, fragte er.

»Nichts«, sagte ich.

»Gar nichts«, sagte Hotte.

Bobbyboy hatte ein gutes Gespür dafür, wenn man ihm etwas vormachen wollte. Das wusste ich. Er würde darauf bestehen, einen Blick in die Truhe zu werfen. Wenn wir es jetzt nicht zuließen, nutzte er ganz bestimmt die erste Gelegenheit.

»Mama bringt heute ganz viele von den 1a Rackermanns Kringelwürsten mit und ganz viel Hackfleisch, damit können wir ganz viele Cheeseburger braten, mit ganz viel Ketchup.« Irgendwie hatte ich das Gefühl, dass das ein *ganz viel* zu viel gewesen war.

Bobbyboy wurde misstrauisch. »Paaaaapaaaa!?«, rief er plötzlich aus vollem Hals. »Melli versteckt etwas in dem großen Ding im Keller, das kaputt ist.«

»Was sagst du?«, antwortete Papa irgendwo im Haus.

»Die funktioniert nämlich nicht«, sagte Bobbyboy. »Papa hat es letzte Woche ausprobiert.«

»Tut sie wohl.« Hotte zeigte auf das grüne Lämpchen, das leider genau in diesem Moment flackerte. Hotte gab dem Gerät einen Stoß. Das Surren setzte wieder ein. »Alles bestens. Die Kringelwürste können kommen.«

Und dann kam Papa. Ebenfalls noch im Schlafanzug stand er in der Kellertür. »Was ist das denn für eine Versammlung am frühen Morgen? Hallo Hotte! Da muss ich wohl ein paar Eier mehr in die Pfanne schlagen, was?«

Papa hat einen Vorteil. Er stellt selten Fragen, weil ihm der typische sechste Sinn fehlt, über den die meisten Eltern verfügen. Besonders Mütter. Jedenfalls war er kein bisschen misstrauisch, dass erstens ein Nachbarsjunge und sein Hund schon um diese Zeit in unserem Haus herumliefen und zweitens seine Tochter ziemlich übermüdet in ihren Klamotten vom Vortag die Kühltruhe im Keller in Gang setzte.

»Wow, das Ding läuft?«, sagte er. »Wie habt ihr das denn hingekriegt?«

Bevor ich ihn davon abhalten konnte, lag seine Hand auch schon auf dem Griff der Truhe.

Ob Aldwyn uns da drinnen hören konnte? Wenn nicht, würde er garantiert irgendeinen Ton von sich geben. Und wenn wir Pech hatten, konnte Papa ihn sehen, das wusste man nie.

Hotte reagierte blitzschnell. Mit einem Satz hopste er auf den Deckel der Truhe. »Melli hat wirklich eine Menge spezieller Fähigkeiten«, sagte er. Dabei zwinkerte er mir zu.

Ich tat ganz bescheiden: »Na ja, eigentlich habe ich nur den Stecker in die Dose gesteckt und den Schalter gedrückt.«

»Das habe ich auch getan«, sagte Papa.

»Hast du auch ordentlich dagegengetreten?« Ich lachte und versuchte möglichst schnell vom Thema abzulenken. »Übrigens, Rühreier klingen sehr gut.«

»Und Pfannkuchen«, jubelte Bobbyboy. Er rannte hinaus. »Ich will zehn Pfannkuchen«, krähte er.

Papa folgte ihm und rief: »Herr Ichwill ist ausgegangen, frag Herrn Ichmöchtegern ...«

Schon bald zog der Duft des Frühstücks durch das Haus. Papas Rühreier mit Speck konnte nichts übertreffen, außer seine Pfannkuchen mit Ahornsirup. Roddies Bauch war zwar von seinem nächtlichen Fressgelage rund gewölbt, als hätte er einen Ball verschluckt, aber er ließ keinen Streifen Speck aus dem Auge. Hotte und ich deckten den Tisch.

»Wir müssen die Kühltruhe irgendwie sichern«, wisperte ich Hotte zu. »Nach dem Frühstück spaziert mein Brüderchen als Erstes in den Keller, dafür lege ich die Hand ins Feuer.«

»Im Keller ist ein Feuer?«, klang es unter dem Tisch hervor.

»Bobby! Mama hat dir verboten, andere zu belauschen«, schimpfte ich und zog ihn am Oberteil seines Rennautoschlafanzugs aus seinem Versteck.

»Ich soll keine Erwachsenen belauschen, hat Mama gesagt.

Du bist keine Erwachsene. Und was ist mit dem Keller und dem Feuer und der Kühltruhe?«

»Frühstück ist fertig«, rief Papa.

Bobbyboy flitzte auf seinen Platz. Schneller als der Blitz saß er dort und hielt auch schon erwartungsvoll die Gabel in der Hand. Obwohl mein Magen vor Hunger knurrte, bekam ich kaum einen Bissen runter. Solange Aldwyn in dieser altersschwachen Kühltruhe lag, würde ich keine Ruhe finden, das war klar. Während des Frühstücks mampfte Bobbyboy still vor sich hin. Als er den letzten Pfannkuchen verschlungen hatte, scheuchte ihn Papa ins Badezimmer.

»Du weißt doch, dass wir um halb neun in der Schule sein müssen«, rief Papa ihm nach. »Wir besichtigen heute nämlich Bobbys neue Schule«, erklärte er Hotte. »Und danach kümmern wir uns um den mottenstichigen Bären in der Halle. Der ist umgekippt. Ich glaube, den kriegen wir nicht mehr hin.«

Hotte und ich wechselten unauffällig einen Blick.

Papa seufzte. »Es ist wirklich ein altes Gemäuer. Heute Nacht gab es draußen ein Getöse, wir dachten schon, es würden Einbrecher ums Haus schleichen.«

Hotte und ich wechselten noch unauffälliger einen Blick.

»Ihr seid so schweigsam heute? Melli, du solltest dir auch noch einmal die Haare bürsten und dir das Gesicht waschen, sonst machen wir einen schlechten Eindruck auf die Schulleiterin in Bobbyboys neuer Schule.«

Ich schob den Teller weg. Es fiel mir schwer. Gerade die Hälfte meines Rühreis hatte ich gegessen.

»Was ist los, Kleines?«, fragte Papa.

»Ich hab Bauchweh«, antwortete ich. »Vielleicht ist es besser, wenn ihr ohne mich in die Schule fahrt.«

»Hm, das ist aber schade«, sagte Papa. Er legte mir die Hand auf die Stirn. »Du fühlst dich ganz kalt an.«

Ich schaute möglichst leidend.

»Oh weh«, sagte Hotte. »Das ist ein Virus, das geht gerade im Ort herum.« Er zog meinen Teller zu sich. »Das isst du dann sicher nicht mehr«, sagte er und machte sich über den Rest meines Frühstücks her. Meinen giftigen Blick übersah er.

»Dann bleibst du wohl besser hier und legst dich ins Bett. Irgendwo habe ich eine Wärmflasche gesehen, die bringe ich dir«, sagte Papa.

Ich verkniff mir das Lächeln, weil es mir gelungen war, Papa auszutricksen. Stattdessen guckte ich leidend. Mein Blick wurde allerdings noch leidender, als ich meinen kleinen Bruder in der Tür stehen sah. Eine Minute hatten wir ihn aus den Augen gelassen und er hatte die Chance genutzt. Er trug immer noch den Rennautoschlafanzug und sah genauso zerzaust aus wie vorher. Außerdem sagte er: »Da sind zwei Männer im Keller.«

»Zwei Männer?«, fragte Papa.

Bobbyboy nickte. »Sie haben mit der Kühltruhe gesprochen.«

Papa lachte. »Und was hat die Kühltruhe gesagt?«

»Nichts.« Mein Bruder schob die Unterlippe vor. Er schaute beleidigt drein, wie immer, wenn man ihn nicht ernst nahm.

Ein wenig zu wenig bei einem

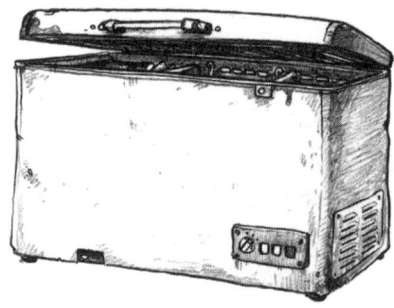

ALDWYN FÜHLTE SICH NICHT WOHL in der Kiste, in die Miss Melli ihn gesteckt hatte. Der einzige Vorteil daran war, dass der surrende Apparat sein enges Gefängnis recht schnell auf eine angenehme Temperatur hinabkühlte. Es war wirklich ein schreckliches Schicksal, wenn man sich einerseits nach etwas Wärme sehnte, andererseits schon ein Grad mehr auf dem Thermometer dieses scheußliche Brennen verursachte.

An die Enge hatte er sich eigentlich in den vielen Jahrzehnten, die er vom Packeis umschlossen gewesen war, gewöhnt. Seit er jedoch daraus befreit war, gefiel es ihm gar nicht mehr, so eingeklemmt darauf warten zu müssen, dass etwas passierte. Und mit seiner Geduld war er auch am Ende.

Geduldig zu sein, war eine wichtige Eigenschaft auf einer Seereise, das hatte er an Bord der HMS Erebus schnell gelernt. Wochenlang starrte man von Deck auf die weite See und nichts passierte.

»Geduld«, hatte der Bootsmann gesagt. »Mit oder ohne Geduld, wir kommen immer gleich schnell vorwärts.« Er war ein knorriger, aber netter Kerl gewesen, der Aldwyn alles beigebracht hatte, was man über ein Schiff wie die Erebus wissen musste.

Dann kamen sie endlich in den arktischen Gewässern an, und diese Gewässer hatten nichts Besseres im Sinn, als einzufrieren und die gesamte Expedition gleich zwei Jahre festzuhalten.

»Geduld«, hatte der Bootsmann auch hier gesagt. »Mit oder ohne Geduld, das Packeis schmilzt, wann es schmilzt.«

Den Teufel hatte es getan. Es war nicht geschmolzen und am Ende mussten sie mit aller Geduld der Welt im ewigen Eis erfrieren.

Aldwyn war drauf und dran, sich weiter seinen düsteren Gedanken hinzugeben, als der Deckel der Truhe knarrte. Sofort hellte sich auf wundersame Weise der Innenraum seines Verstecks auf. Auch Aldwyns Stimmung erhellte sich schlagartig, weil er damit rechnete, Miss Melli zu sehen.

Sein Lächeln verflog augenblicklich, als er in die Gesichter dieser beiden sonderbaren Herren schaute.

»Da haben wir ja den jungen Mann«, sagte der kugelige Dicke. »Lodovico, wir können gleich loslegen. Her mit dem Apparat«, wandte er sich an seinen Begleiter.

»Wo ist Miss Melli?«, fragte Aldwyn.

»Keine Ahnung«, antwortete Lodovico. »Vielleicht holt sie den entgangenen Schlaf nach.«

»Wir sollten die Zeit nun auch nicht mit langen Gesprächen vergeuden«, sagte Erasmus.

Die beiden Herren holten Aldwyn aus der kalten Kiste.

»Du verhältst dich so ruhig wie möglich. Wir haben helllichten Tag und wollen niemand mit Gespensterheulen und Geisterjammern erschrecken, verstanden?«

Aldwyn nickte, obwohl ihm schon wieder warm wurde und das Britzeln auf der Haut begann.

»Deinen Arm, bitte«, sagte Lodovico.

Er hielt ein kleines Kästchen in den Händen, das er öffnete. Ein rundes Gerät kam zum Vorschein, an dem zwei Drähte mit Klammern am Ende befestigt waren. Ohne die Klammern ähnelte es den Apparaten, mit denen die Offiziere an Bord der Erebus das Wetter bestimmt hatten.

»Er ist so schrecklich vermummt«, murmelte Lodovico während er vergeblich bei Aldwyn nach einer Stelle suchte, an der er die kleinen Klammern befestigen konnte.

»Nimm die Nasenspitze«, sagte Erasmus. »Oder die Ohrläppchen.«

Aldwyn zuckte zurück. In der arktischen Kälte hatte die geringste Berührung unglaubliche Schmerzen verursacht, aber er spürte nichts, als Lodovico die Klammern an seine Ohren klemmte.

»Achtung«, sagte Erasmus. Er legte einen Hebel an dem Gerät um.

Aldwyn wurde schwindelig. Der Raum drehte sich vor seinen Augen. Wie ein Wirbel strömte etwas durch ihn hindurch. Es war ein schönes Gefühl, aber auch beunruhigend. Er fühlte sich einer Ohnmacht nahe, jedenfalls hatte er sich das früher immer so vorgestellt, wenn den jungen Damen der Gesellschaft die Sinne schwanden und sie einfach umkippten.

Lodovico wartete noch ein paar Augenblicke, dann löste er die Klammern.

»Hui«, sagte Aldwyn.

»Das kann man wohl sagen«, brummte Lodovico mit einem Blick auf das Gerät.

»Na, dann wollen wir mal schauen, wer die Männer sind«, sagte eine andere Stimme. Sie kam von der Treppe, die hinauf ins Haus führte.

Zu viele Leute sehen Dinge, die sie nicht sehen sollten

»Da waren zwei Männer«, wiederholte mein Bruder mehrmals. »Ein kugeliger Dicker und einer, der aussieht wie der Mann im Süßigkeitenladen in der Loveland Street. Nur mit einem blauen Anzug.«

Der Laden lag drei Blocks von unserer früheren Wohnung in New York. Der Besitzer hatte tatsächlich eine gewisse Ähnlichkeit mit Lodovico Geistreich. Er trug immer einen hellgrünen Anzug mit Weste. Sogar im Sommer, wenn ganz New York schwitzte, öffnete der Besitzer von *Loveland's Candystore* nicht einmal den oberen Knopf seines Hemdes.

Mein Bruder hatte Erasmus Schöngeist und Lodovico Geistreich gesehen, daran bestand kein Zweifel. Alle Versuche, das

Unglück abzuwenden, scheiterten. Bobbyboy bestand darauf, Papa in den Keller zu führen.

Papa seufzte. »Dann gucken wir eben nach.«

Auf der Holztreppe machte ich so viel Lärm wie möglich, in der Hoffnung, dass Erasmus und Lodovico es hörten. Hotte rief übertrieben laut: »Roddie, du bleibst schön oben. WIR GEHEN IN DEN KELLER. ZU DER KÜHLTRUHE!!«

Es nützte alles nichts. Papa trat in den Kellerraum mit der Kühltruhe. Erasmus drückte die Klappe der Truhe gerade zu. Lodovico stand da, in der einen Hand hielt er ein kleines Gerät mit zwei Drähten daran, die Fingernägel der anderen Hand polierte er am Ärmel seines Jacketts.

»Siehste«, sagte Bobbyboy. »Zwei Männer, hab ich doch gesagt.«

Mir wurde schlagartig klar: In unserer Familie war ich nicht die Einzige, die Emilies Begabung geerbt hatte. Bobby hatte Erasmus und Lodovico gesehen.

Papa gnarzte. »Was machen Sie in unserem Keller?«, fragte er.

Und Papa sah sie auch.

Ich war froh, dass die beiden sich entschlossen hatten, sich nicht vor den Augen meines Vaters und meines Bruders in nichts aufzulösen. Besonders schlagfertig waren sie allerdings nicht.

»Wir ... wir ... wir haben uns die Dings ...«, stotterte Erasmus.

»Die Kühltruhe angeschaut«, platzte ich dazwischen.

»Die Kühltruhe, genau, die haben wir uns angeschaut«, sagte Erasmus. »Eine sehr, sehr schöne Kühltruhe ... äh ...«

»Die Herren wollen die Kühltruhe kaufen«, sagte ich. Wie gut, dass Mama gerade bei Frau Rackermann 1a Rackermanns Kringelwürste verkaufte und nicht hier war. Bei Papa hatte ich eine klitzekleine Chance, mit der Geschichte durchzukommen, die sich blitzschnell in meinem Kopf zusammensetzte. »Die habe ich ins Internet gesetzt, um sie zu verkaufen. Wir brauchen doch jeden Cent, oder?«

»Wir haben doch noch gar keinen Internet-Anschluss«, sagte Papa.

Mist. Nicht einmal dazu hatte das Geld bisher gereicht, daran hatte ich nicht gedacht.

»Das habe ich gemacht«, sprang Hotte mir zu Hilfe.

»Aber du kannst nicht einfach zwei fremde Männer ins Haus lassen«, sagte Papa.

»Ja, ich … äh … hatte gesagt … jedenfalls …«

Papa schaute auf die Uhr. »Oh nein, schon so spät! Nun gut, Bobbyboy und ich müssen zur Schule, es wird höchste Zeit. Können Sie vielleicht später noch einmal kommen?«, fragte er Erasmus.

»Natürlich, aber gerne«, antwortete Erasmus. Er schaute mir tief in die Augen. »Später. Wir MÜSSEN später wiederkommen und dann lassen wir das DING dort verschwinden.«

Er zeigte auf die Truhe. Ich wusste ganz genau, dass er ihren Inhalt meinte.

»Ich bringe die Herren hinaus, Papa«, sagte ich schnell. »Dann kannst du gleich mit Bobbyboy los.«

»Okay, beeil dich, Kleiner«, ermahnte Papa meinen Bruder, der immer noch im Schlafanzug dastand. »Anziehen, Haare kämmen und Zähne putzen!«

Ich führte Erasmus und Lodovico hinauf in die Halle zum Ausgang. Dabei plauderten wir ganz unverdächtig über dies und über das und über Kühltruhen. Am Treppenabsatz verharrte Erasmus, als er den umgestürzten Bären sah.

»Oje, der arme Fridolin«, rief er entsetzt aus. »Wusstest du, dass Emilies Urgroßvater den Bären in den Karpaten zur Strecke gebracht hat? Er wollte nämlich ein Mädchen fressen – der

Bär, nicht dein Urgroßvater. Emilies Urgroßvater rettete dem Mädchen das Leben, und dann heiratete sie ihn, weil er so mutig war und auch sonst ein guter Bursche –«

»Im Moment ist nicht die richtige Gelegenheit für solche Geschichten«, unterbrach Lodovico ihn. Er schaute nach rechts, dann nach links. Außer Hotte, Roddie und mir war niemand zu sehen. »Wir sehen uns so bald wie möglich im Blauen Salon«, flüsterte er.

Die Worte waren noch nicht ganz verklungen, da löste sich Lodovico in nichts auf. Einen Wimpernschlag später war auch Erasmus verschwunden. Als auch Papa und Bobbyboy endlich aufgebrochen waren, flitzten Hotte und ich hinauf in den Blauen Salon. Die beiden Herren erwarteten uns schon.

»Knapp 0,002 Prozent«, sagte Erasmus. »Um genau zu sein: 0,001987 Prozent.«

Lodovico zeigte uns das kleine Gerät mit den Drähten daran. In einer Einfassung aus Holz lag eine Art Zifferblatt, gerahmt in einen runden Messingbehälter, geschützt von einer Glasscheibe.

»Sieht aus wie ein Barometer«, sagte Hotte.

»Prozent von was?«, fragte ich.

Lodovico befestigte statt einer Antwort an meinen beiden Zeigefingern eine der Klammern. Ich zuckte zusammen, etwas durchströmte mich. Mir wurde schwindelig.

»Keine Sorge, das ist so etwas Ähnliches wie Strom«, beruhigte mich Erasmus.

»100 Prozent.« Lodovico zeigte mir das Zifferblatt. Der Zeiger schlug voll aus und stand genau über der 100.

»Da sind wir beruhigt.« Erasmus kicherte, wurde aber schnell wieder sehr ernst. »Dieses hübsche kleine Ding hat Charles Richet gebaut.«

»DER Charles Richet?« Hotte griff nach dem Apparat.

»Finger weg«, zischte Erasmus. »Das ist eines von drei Exemplaren, die beiden anderen sind unauffindbar.«

»Charles Richet war ein berühmter Arzt, der sogar einen Nobelpreis für Medizin bekommen hat, 1914 ...«

»1913«, korrigierte Erasmus Hotte.

»Ein Korinthenkacker, ich sag es doch«, sagte Lodovico.

Erasmus überhörte es dieses Mal.

»Richet hat den Begriff Ektoplasma in die Parapsychologie eingeführt und wollte wissenschaftlich nachweisen, ob es Geister gibt oder nicht«, sagte Hotte.

»Und ein paar sehr hübsche Romane hat er auch geschrieben, nun ja, mit meiner Hilfe.« Erasmus klang ein klein wenig eingebildet bei diesen Worten.

»Wenn ihr weiter wissenschaftliche Vorträge über die Geschichte der Geisterjagd von euch gebt, stehen Papa und Bobbyboy gleich wieder vor der Tür«, unterbrach ich die drei Experten. »Was misst dieses Ding? 100 Prozent von *was*?«

»Mensch«, sagte Erasmus.

»Lebendiger Mensch«, sagte Lodovico.

In meinen Gehirnzellen fügten sich blitzschnell die Informationen zusammen. Wenn es bei mir 100 Prozent Mensch waren und bei Aldwyn ...

»0,002 Prozent ...«, murmelte ich, »... 0,002 Prozent von Aldwyn sind noch nicht tot? Er lebt also noch?«

»Nein«, riefen die beiden Herren gleichzeitig.

»So kann man das auf keinen Fall sagen, nicht bei einem so kleinen Prozentsatz«, erklärte Erasmus. »Weißt du, der Tod ist eine komplizierte Sache. Da man nach dem Tod tot ist, konnte es bisher auch noch nie jemand genau beschreiben, schon gar nicht messen, um es wissenschaftlich oder medizinisch zu erklären.«

Lodovico wanderte im Raum auf und ab. »Vielleicht hast du

schon einmal von Menschen gehört, die nach einem Unfall berichten, wie sich ein Tunnel auftat, an dessen Ende ein Licht leuchtete, oder dass sie auf sich selbst hinabschauen konnten, wie sie tot dalagen und die Notärzte versuchten, sie wieder ins Leben zurückzuholen. Eigentlich ist der Tod eine schnelle Sache, aber es passieren unzählige Dinge gleichzeitig.« Lodovico warf die Hände in die Höhe. »Mein Gott, was da alles sortiert werden muss, bevor man *schnickschnack ratzfatz* hinüber ins Jenseits huscht. Wie du weißt, geht manchmal etwas schief – die Seele bleibt als Spukgestalt zurück. In sehr, sehr seltenen Fällen läuft der ganze Vorgang aber völlig schief. Es könnte mit den unglaublichen Minusgraden in der Arktis zu tun haben, dass Aldwyn sich nun mit diesem Problem herumschlagen muss.«

»Oder es könnte an dem Brief liegen, den Sir John ihm für Lady Jane hinterlassen hat«, sagte Erasmus.

Ich griff nach dem Schlüssel, den ich an dem goldenen Kettchen um den Hals trug. »Aber er ist jetzt hier. Ich öffne die Vitrine und er tritt denselben Weg an wie Aurora.«

Erasmus schüttelte den Kopf. »Das italienische Mädchen war eine vergleichsweise harmlose Angelegenheit. Ein klassischer Fall, da musste man nicht viel können.«

Ich schaute ihn grimmig an. »Danke für die Blumen. Ich fand es nicht ganz so einfach.«

»Verzeihung!« Erasmus spürte, dass er ins Fettnäpfchen getreten war. »Natürlich hast du das alles wunderbar gemacht. Für dein Alter. Aber mit Aldwyn funktioniert das so nicht.«

»Dann überlasst ihn doch gleich mir«, mischte sich jemand ein.

Vier Köpfe drehten sich mit einem Schlag zum Kamin. Der Einäugige. Er oder besser gesagt sein Oberkörper schwebte dort. Sein Unterleib setzte sich nur sehr langsam zusammen.

Er schaute an sich hinab. »Die Nähe zur Pforte bekommt mir nicht.«

»Dann verschwinde, du Mistkerl«, blaffte Lodovico.

»Kommt schon, Freunde. Dieser kleine Kerl in der Kühltruhe wird euch eine Menge Ärger machen.«

»Wir sind nicht deine Freunde!«, gaben wir alle vier wie aus einem Mund zurück.

Den Einäugigen konnten wir damit nicht beeindrucken. Er lächelte und zog an seiner stinkenden schwarzen Zigarette. Beim Ausatmen hob er mit einer Hand die schwarze Klappe über seinem linken Auge. Der Rauch strömte aus der leeren Höhle.

»Ich sollte aufhören zu rauchen, das ist nicht gut für die ... Augen!«

Er kicherte. Von einem Wimpernschlag auf den nächsten stand er direkt neben mir.

»Haben die beiden reizenden Herren dir schon gesagt, was mit dem armen Aldwyn passiert, wenn er diese Kühltruhe verlässt?« Er wartete die Antwort nicht ab. »Nein? Dann sage ich es dir: Grauenvoll verbrennen wird er. Es ist völlig egal, wie viel Prozent von ihm noch aus Materie bestehen. Ein schrecklicher Tod wird diesen Rest von ihm hinwegraffen. Schlimmere Schmerzen hat kein Mensch jemals zuvor ertragen.«

»Das ist immer noch besser, als für immer und ewig im Dunklen Jenseits gefangen zu sein.« Lodovico schob sich zwischen den Einäugigen und mich.

Direkt vor meinen Augen vermischten sich die beiden Gestalten für einen kurzen Augenblick.

Lodovico spuckte und hustete, als er sich wieder von dem Einäugigen löste. »Bah, widerliches Kraut, was Sie da rauchen«, schimpfte er.

Der Einäugige lachte nur. »Du kannst nichts für ihn tun, kleine Miss Melli. So nennt er dich doch?«

»Kann sie wohl!« Erasmus' Stimme zitterte, aber nicht, weil er unsicher war oder ängstlich. Ich spürte, wie er mit sich kämpfte. Aber er sprach trotzdem weiter, während er ein kleines Büchlein aus der Tasche seines Jacketts zog. »Hier steht es. Paragraf 11, Absatz 21 der überarbeiteten 17. Auflage des ordnungsgemäßen Regulariums für den Transfer von verlorenen Seelen, Sonderbestimmung IV./5 ...«

»Erasmus«, rief ich. »Was. Steht. Da. Drin!!?!«

»*Eine wohlmeinende Person, die der verlorenen Seele in Liebe verbunden ist, kann ihr den Übergang ermöglichen, wenn sie willens und in der Lage ist, die verlorene Seele ins Jenseits zu geleiten. Details zur Durchführung finden sich in der Durchführungsverordnung 67 der* —«

»Danke, das reicht«, sagte Lodovico. Er zog Erasmus zur Seite. »Das kannst du auf keinen Fall von ihr verlangen ...«, flüsterte er. Den Rest sprach er Erasmus direkt ins Ohr.

»Die Kleine kann ihm nicht helfen, nicht bei Seelenverstopfung«, sagte der Einäugige.

»Das ist der umgangssprachliche Begriff für dieses Phänomen«, sagte Erasmus.

»Klugscheißer! – Sprecht es ruhig aus, Jungs: Sie setzt ihr Leben aufs Spiel, wenn sie es doch tut. Eine altgediente Pförtnerin hätte vielleicht die Kraft dazu, aber doch nicht so ein unerfahrenes Ding.«

Ding? Hatte dieser Kerl gerade *so ein unerfahrenes Ding* gesagt. Er sollte sich warm anziehen. Zuletzt hatte Dan Brooker aus der siebten Klasse etwas in der Art zu mir gesagt. Cindys neues Tuch war vom Wind hoch in die Krone des uralten Ahorns auf dem Schulhof geweht worden. Dan Brooker hatte es gewagt, daran zu zweifeln, dass ich den Schal herunterholen könnte. Eine ordentliche Abreibung hatte er dafür kassiert. Ich holte tief Luft.

»Vielleicht sagst du lieber mal nichts«, versuchte Hotte mich von einer patzigen Antwort abzuhalten. Obwohl wir uns noch nicht sehr lange kannten, hatte er schon ein Gespür dafür, was man am besten nicht zu mir sagte. Und dafür, dass man mich manchmal vor mir selbst beschützen musste. »In solchen Situationen sollte man zuerst sehr lange nachdenken, bevor man eine Entscheidung trifft.«

Auch wenn Hotte damit ein bisschen nach meiner Mutter klang, hatte er recht. Ich atmete langsam aus.

»Was genau bedeutet denn: *Sie setzt ihr Leben aufs Spiel?*«, fragte ich stattdessen.

Der Einäugige verdrehte die Augen, jedenfalls das eine, das nicht von der Klappe verdeckt war. »Was soll es schon heißen? Wenn die Sache schiefläuft, wird dir das Lebenslicht ausgepustet. Tot, Ende, aus.« Er grinste mich frech an. »Ganz aus vielleicht nicht. Vielleicht hast du Glück und deine Seele bleibt zurück, um bis ans Ende aller Zeit in dieser Villa zu spuken.«

Ich war mir nicht sicher, ob man das wirklich als *Glück* bezeichnen konnte.

»Nun übertreiben Sie nicht«, zischte Erasmus den Einäugigen an. »Sie wäre nicht die Erste, die –«

Eine Antwort, bei was ich nicht die Erste wäre, bekam ich nicht. In der Eingangshalle klirrte es laut. »Raus mit dem verstaubten Kram«, keifte eine Frau.

Hotte stöhnte: »Oh nein, auch die noch!«

Erasmus Schöngeist schlug die Hände vors Gesicht.

»Was für eine Aufgabe. Emilie, was hast du uns da angetan?«, seufzte Lodovico mit einem Blick zum Himmel.

Der Einäugige hatte sich in Luft aufgelöst, nur ein Rest des Zigarillo-Rauchs lag noch in der Luft.

»Keiner rührt sich vom Fleck«, befahl ich. Nur Hotte winkte ich zu mir.

»Komm, Roddie«, sagte er und folgte mir hinaus ins Treppenhaus.

Ein Plan geht doch nicht ganz auf

ADELHEID WIESENDÜBEL STAND WIE EINE FELDHERRIN in der Mitte der Halle. Links von ihr kramte ihr Bruder Alfons in seinem Aktenkoffer herum. Zu ihrer Rechten stand Arthur, der massige zweite Bruder der Bürgermeisterin. Er strich sich mit einem Taschentuch über die vom Schweiß glänzende Glatze. Hinter den drei Wiesendübels reihten sich Männer in blauen Latzhosen und karierten Hemden auf. Sie krempelten die Ärmel hoch.

Irgendjemand hatte die hohe chinesische Vase neben dem Eingang umgestoßen. Jetzt war das so fein bemalte Schmuckstück nur noch ein Haufen aus blauen und weißen Porzellanscherben.

»Los geht's«, rief die Bürgermeisterin. »Ausschwärmen!«

Sofort verteilten sich die Arbeiter nach links und rechts in die Räume. Einige stiegen die Treppe hinauf, andere rüttelten an den Vitrinen mit den Insekten und an den Regalen, auf denen die ausgestopften Tiere standen. Ein Mann mit rotem Vollbart griff sich einen Nashornvogel und zog so fest daran, dass sich die Beine vom Rumpf lösten. Mit der anderen Hand angelte er nach einem schwarz-weiß gefiederten Vogel mit einem zauseligen Federkranz auf dem Kopf, der mich irgendwie an meinen ehemaligen Erdkundelehrer Mister Barbetti erinnerte.

»Vorsicht«, rief ich und rannte die Treppe hinab.

Dem Vogel konnte ich nicht mehr helfen. Der Rotbart hatte ihm den Kopf abgebrochen.

»Was tun Sie da?!« Ich stellte mich der Bürgermeisterin, die sich auf den Weg in die erste Etage machen wollte, in den Weg. »Hol Hilfe«, flehte ich Hotte an.

»Was ich hier tue?«, fragte Adelheid Wiesendübel. »Ich hole mir, was mir gehört.«

Sie machte einen Schritt nach rechts, um sich an mir vorbeizudrängeln. Ich reagierte sofort, machte einen Schritt nach links und versperrte ihr wieder den Weg.

»Die Villa gehört mir und nicht Ihnen!«

»Mach die Augen zu, dann siehst du, was dir gehört«, sagte die Bürgermeisterin und machte einen Schritt nach links.

Ich huschte nach rechts. Wieder stand ich ihr im Weg. Ich verschränkte die Arme vor der Brust, aber es nützte nichts. Die Frau schob mich einfach zur Seite.

»Erinnerst du dich nicht, Kleines? Der 15. des Monats. Das war die letzte Frist. Und heute ist der wievielte Tag, was meinst du wohl?« Sie schaute mich triumphierend an. »Genau, der 15. Und wenn du eure Schulden hier und jetzt bezahlen kannst, rühren meine Männer nichts mehr an. Wenn nicht …« Sie streckte eine Hand aus. »Alfons, zackzack!!!«

Ihr Bruder, der Notar und Rechtsanwalt, zuckte zusammen. Vor Schreck rutschte ihm der Aktenkoffer aus der Hand. Papiere segelten zu Boden, nur eines behielt er in der Hand und übergab es seiner Schwester.

Bei jedem Wort, das sie nun durch die Zähne presste, stieß sie mit dem Finger auf das Papier ein: »Schwarz auf weiß und mit Stempel. Pfändung von allem in und um und unter und neben dem Haus. Auszuführen vom Gerichtsvollzieher, den wir hier in Kohlfincken nicht haben. Somit übernimmt die Bürgermeisterin diese Aufgabe, mit anderen Worten: ICH!« Beim letzten Wort durchbohrte ihr spitz gefeilter Fingernagel das Dokument. »Weitermachen, Männer!«

Ich schaute mich um. Es waren 20, 30 oder noch mehr starke Kerle, die das Haus im Nullkommanichts ausräumen würden. Einige trugen bereits riesige Bücherstapel aus der Bibliothek. Ein paar schleppten Werkzeugkisten in die Halle und machten sich über die Schaukästen her. Was passierte, wenn Sie die Vitrine mit den Schmetterlingen zerstörten? Herausrissen? Abtransportierten?

»Dann ist die Pforte zum Jenseits so gut wie dicht«, flüsterte mir jemand ins Ohr. »Haha, mir soll es sehr recht sein.«

Ich zuckte zusammen und drehte mich um: einer der Arbeiter. Latzhose. Kariertes Hemd. Hochgekrempelte Ärmel. So weit sah er aus wie alle anderen Männer, die in unser Haus eingedrungen waren. Aber den Geruch von Zigaretten, schwarzen Zigaretten, den hatte ich eben noch gerochen. Und die Augenklappe, die der Mann trug, die kannte ich auch. Es war der Einäugige.

Ich wollte ihn packen, aber ein anderer Arbeiter schob mich zur Seite. So schnell gab ich nicht auf. Meine Hand schnellte vor. Ich erwischte den Einäugigen noch am hinteren Träger, der die Latzhose hielt. Der Kerl stolperte rückwärts und landete auf dem Hosenboden.

»Du miese kleine Göre«, schrie er. Er rappelte sich auf, drehte sich und packte mich an beiden Schultern.

Es war ein pickeliger junger Typ mit Hakennase und schwarzen Augen. Zwei Augen. Keine Augenklappe.

Wo war der Einäugige?

»Schafft den Bären da weg«, hörte ich den zweiten Bruder der Bürgermeisterin befehlen. »Ich habe eine Tierhaarallergie. Mich juckt jetzt schon alles.«

Zwei Männer folgten seiner Anweisung und packten sich Fridolin. Wir waren in der Nacht nicht gerade pfleglich mit ihm umgegangen. Das ausgestopfte Tier lag noch immer da, mit der Nase auf dem Boden.

»Finger weg von Fridolin!«, rief ich.

Die Männer reagierten nicht.

Mit zwei Sprüngen war ich bei ihnen. Ich packte den Kopf des Bären. »Den hat der Urgroßvater von Emilie geschossen, weil er die Urgroßmutter ...« Weiter kam ich nicht. Die Arbeiter stapften mitsamt dem Bären einfach zur Tür. Ich klammerte mich an Fridolins Kopf.

Plötzlich machte es *ritsch*.

Ich spürte, wie sich der Bärenkopf lockerte.

Es machte *ratsch*.

Der Kopf war ab. Ich hielt ihn in der Hand. Die Männer gingen mit dem Körper einfach weiter und bei jedem ihrer Schritte machte es nun *pling* und *plong* und *pling und plong*. Stück für Stück fiel etwas aus Fridolins Hals.

Etwas, das goldgelb schimmerte und metallisch klimperte. Ich hob das erste Stück auf. Und das zweite. Und das dritte. Goldstücke. Immer mehr Goldstücke. Jetzt war klar, wo Emilie und ihre Vorgängerinnen den Lohn versteckt hatten, den die verlorenen Seelen ihnen für ihre Arbeit als Pförtnerinnen zum Jenseits entrichten mussten: Fridolin hatte den Schatz bewacht.

»Stopp«, rief ich nun so laut, dass die beiden Arbeiter zusammenzuckten. »Damit können wir unsere Schulden bezahlen.«

Adelheid Wiesendübel kam auf ihren hochhackigen Schuhen herangetrippelt. Sie steckte ihre rot lackierten Krallen einfach in das Loch am Hals des Bären, wo einmal Fridolins Kopf gesessen hatte. Ein paar Goldstücke steckten noch darin. Die Bürgermeisterin stopfte sie sofort in ihre Handtasche.

Sie lächelte mich böse an. »Zu spät, Kleines. Das Haus gehört mir, mit allem Drum und Dran und Drin.«

»Nichts ist zu spät!«

Diese Stimme kannte ich. Bei jeder anderen Gelegenheit hätte ich mich nicht darüber gefreut, denn sie sprach die wenigen Worte in dem Ton aus, der Bobby und mir sonst signalisierte: Letzte Warnung!

Mama stand in der Halle, hinter ihr Isolde Rackermann mit dem Hackebeil für die großen Knochenstücke. Daneben Roddie, der ihr die Finger leckte, und Hotte, der versuchte, Roddie davon abzuhalten.

»Sehr wohl!«, gab die Bürgermeisterin zurück. »Wenn Sie nicht innerhalb der Frist zahlen, wird die Villa gepfändet mit allem beweglichen und unbeweglichen Inventar. Stimmt das, Alfons?«

Ihr Bruder, der Notar und Rechtsanwalt, nickte. »Jawohl, das stimmt. Laut Paragraf ...«

»An die Paragrafen wollen wir uns halten«, unterbrach Mama ihn sofort. »Allerdings etwas weniger voreilig. Die Frist läuft zwar heute ab, aber *heute* ist noch nicht abgelaufen. *Heute* dauert noch bis Mitternacht, meine Liebe. Das stimmt doch, Herr Wiesendübel?«

»*Doktor* Wiesendübel, so viel Zeit muss sein«, sagte der Bruder der Bürgermeisterin.

»Stimmt es oder stimmt es nicht?«, knurrte Isolde Rackermann. Dabei stieß sie zweimal mit der stumpfen Seite des Hackebeils gegen ihr Bein.

»Nun ja, so gesehen ... äh ... stimmt es.«

»Hältst du dämlicher Kerl wohl den Mund«, fauchte seine Schwester.

»Aber ...«

»Nichts aber!«

Aber es war zu spät.

»Wir können gleich zur Bank gehen und das Geld einzahlen«, sagte Mama. Sie zeigte auf die Goldstücke, die auf dem Boden lagen. Sie zwinkerte mir zu und lächelte Adelheid Wiesendübel mit ihrem freundlichsten Lächeln an. »Nehmen wir Ihren Wagen, Frau Bürgermeisterin? Den Notar haben wir auch schon dabei. Das ist doch prima«, fügte sie mit einem spöttischen Blick auf Doktor Wiesendübel hinzu. »Sie wollen doch bestimmt schnell an Ihr Geld kommen, oder?«

DER TOBSUCHTSANFALL VON ADELHEID WIESENDÜBEL war für unsere etwas wackelige Villa gefährlicher als die Bagger und Bulldozer, die auf Befehl der Bürgermeisterin schon gewartet hatten. Weder die Baufahrzeuge noch die Bürgermeisterin konnten dem Haus etwas anhaben.

»Tja, Frau Wiesendübel«, sagte der Bankdirektor, der sich der Sache selbst annahm, »da haben Sie jetzt wohl ein kleines Problem. Oder eher ein großes?«

Es stellte sich nämlich heraus, dass die Bürgermeisterin eine ganze Menge Verpflichtungen eingegangen war und ihren Geschäftspartnern das Blaue vom Himmel versprochen hatte. Alles im festen Glauben, uns verjagen zu können.

Einige der Gold- und Silberstücke aus Fridolins Schlund erwiesen sich zwar als Fälschungen aus billigem Messing, Kupfer und allerlei anderen Metallen, aber die Summe, die wir bekamen, reichte aus, um unsere Schulden auf einen Schlag zu zahlen. Ein bisschen blieb sogar noch übrig, sodass wir anschließend als Erstes eine kleine Tour durch Kohlfincken machen konnten.

Wir bezahlten den Geschäftsleuten, was Emilie Bauerfeind in den Läden hatte anschreiben lassen. Einen Großeinkauf machten wir auch, denn es sollte am Abend ein Festessen geben. Mit Isolde Rackermann und allen anderen, die wir in Kohlfincken kannten. Das waren noch nicht allzu viele Leute, aber die meisten kamen gerne. Alle freuten sich darüber, dass es endlich einmal jemand geschafft hatte, Adelheid Wiesendübel eins auszuwischen.

Den Tisch hatten wir bei dem schönen Wetter draußen auf der Terrasse aufgestellt. Isolde Rackermann saß an meiner rechten Seite, Hotte an meiner linken. Roddie wich der Metzgersfrau nicht mehr von der Seite und lag unter dem Tisch direkt zu Frau Rackermanns Füßen.

»Ist er endlich weg?«, flüsterte Frau Rackermann.

»Wer ist weg?«, fragte Mama. Sie hatte den Platz am Kopfende links von uns eingenommen. Obwohl einige plaudernde Leute zwischen uns saßen, hörte sie, was sie nicht hören sollte. Das ist eines ihrer besonderen Talente.

Ich stupste Frau Rackermann unter dem Tisch an.

»Der Schluckauf«, sagte ich. »Ich hatte Schluckauf.«

Mama winkte mir zu. »Dann ist ja alles in Ordnung.«

»Ja«, sagte ich, »in bester Ordnung.« Natürlich wusste ich, dass absolut nichts in bester Ordnung war, solange Aldwyn in der Kühltruhe im Keller darauf wartete, endlich befreit zu werden.

Erst als unser Festmahl beendet war und alle nach Hause gingen, fand ich eine Gelegenheit, um alleine mit Isolde Rackermann zu sprechen.

»Er liegt noch in der Kühltruhe im Keller«, gestand ich ihr.

»Besser in eurer Kühltruhe als in meinem Kühlhaus«, antwortete sie, fügte dann aber hinzu: »Der arme Kerl, das ist doch schrecklich eng darin.«

Hatte sie etwa Mitleid mit Aldwyn?

»Wir werden ihn heute Nacht hinüberschaffen«, sagte ich.

»Wohin?«, fragte sie neugierig.

Ich zögerte.

Sollte ich ihr die ganze Wahrheit sagen? Bisher hatten sich alle gewundert, wie Emilie in den Besitz des kleinen Schatzes gekommen war, den Fridolin ausgespuckt hatte.

»Sie wird gar nichts von den vielen Münzen gewusst haben«, hatte Mama vermutet. »Sonst hätte sie doch längst ihre Schulden bezahlt.«

»Vielleicht hat sie es einfach vergessen. Sie war schließlich schon sehr alt.« Das war Papas Idee gewesen.

Andererseits wusste die Metzgersfrau nun schon, dass ich über ziemlich sonderbare Freunde wie Erasmus und Lodovico verfügte und in dieser Villa offensichtlich wunderliche Dinge vor sich gingen.

»Nun rück schon raus damit.« Isolde Rackermann stupste mich in die Seite.

»Stupsen Sie mich nicht«, sagte ich und lachte. »Kommen Sie um Mitternacht hierher.«

Frau Rackermann zwinkerte mir verschwörerisch zu. »Zur Geisterstunde? Huiii ...«

Ein Ausflug ins Jenseits

WILLST DU DEMNÄCHST DAS GANZE DORF EINLADEN?«, fragte Erasmus Schöngeist, als ich ihm einige Stunden später mitteilte, dass Isolde Rackermann an der Zeremonie teilnehmen würde. Er hatte schlechte Laune, daran bestand kein Zweifel.

»Wer spricht denn hier von Zeremonie? Es ist ein gewagtes Experiment, das wir in unserer Amtszeit bisher nur selten durchgeführt haben.«

»Nun lass deine schlechte Laune nicht an der Kleinen aus«, sagte Lodovico. »Wenn es solche Problemfälle nicht gäbe, wären wir überflüssig und könnten in alle Ewigkeit drüben herumsitzen und ›Mau-Mau‹ und ›Mensch ärgere Dich nicht‹ spielen. Ein schrecklicher Gedanke, du weißt, was für ein schlechter Verlierer du bist.«

»Ich bin kein schlechter Verlierer«, rief Erasmus entrüstet aus. »Du betrügst, sogar beim ›Mau-Mau‹! Wie auch immer, wir sind schon von höchster Stelle zur Berichterstattung in die Zentrale bestellt worden, weil es an dieser Pforte drunter und drüber zugeht.«

Bei Gelegenheit musste ich ihn fragen, wer wohl an dieser *höchsten Stelle* saß und wo genau sich die *Zentrale* befand. Jetzt aber hörte ich, dass jemand die Treppe hinabkam. Es war Hotte. »Stoßen Sie sich nicht den Kopf, Frau Rackermann«, sagte er. Ich hatte ihn gebeten, der Metzgersfrau die wichtigsten Dinge zu erklären. Auf den ersten Blick sah ich trotz des schwachen Lichts, den die nackte Glühbirne an der Kellerdecke warf, dass ihre Wangen vor Aufregung glühten.

»Die Herren sind wirklich aus dem …«, sie wagte zuerst nicht, das Wort auszusprechen, »… aus dem … dem *Jenseits?*«

»Sollen wir nicht gleich eine Radiodurchsage machen?«, meckerte Erasmus Schöngeist.

Lodovico lächelte Frau Rackermann an. »Gnädige Frau sehen vorzüglich aus, wenn ich das bemerken darf.«

Erst jetzt fiel mir auf, dass ich die Metzgersfrau zum ersten Mal nicht in einem Kittel der Metzgerei *Rackermann & Söhne* oder im Nachthemd mit Lockenwicklern und Hasenpuschen sah. Sogar die Lippen hatte sie sich rot geschminkt. Blutrot.

»Es gibt gute Gründe, warum nicht Hinz und Kunz im Kontakt zur anderen Seite stehen und überhaupt nur eine ausgewählte kleine Schar von Leuten von unserem Treiben weiß«, maulte Erasmus weiter.

»Ich muss doch sehr bitten«, gab Frau Rackermann zurück. »Ich bin weder Hinz noch Kunz!«

Hotte verdrehte die Augen. »Wenn wir nicht bald loslegen, geht gleich die Sonne auf«, flüsterte er. »Oder die gehen sich gegenseitig an die Gurgel. Wo ist Aldwyn?«

»Ups!«, sagte ich. »Den hätte ich fast vergessen.« Ich öffnete die Kühltruhe.

»Endlich«, seufzte Aldwyn.

Erasmus und Lodovico halfen ihm dabei, aus der Kühltruhe zu steigen.

»Wie ich bereits feststellte«, sagte Lodovico, »ist es aufgrund der unglücklichen Umstände bei Aldwyns allzu frühem Tod im ewigen Eis zu einer kleinen Unregelmäßigkeit beim Übergang in die andere Welt gekommen. Rund 99,99 Prozent haben es geschafft, ein lächerlicher Rest ist hängen geblieben. Aldwyn ist nicht im engeren Sinne tiefgefroren. Seelen können nicht einfrieren und Gespenster können nicht frieren, schließlich haben sie keine Nerven mehr. Letztendlich ist es also Unsinn, dass er in diesem Gefrierdings herumhockt.«

»Aber die Schmerzen, die er empfindet, wenn es warm wird?«, fragte ich.

»Phantomschmerzen nennt man das«, sagte Erasmus. »Wenn jemand ein Bein oder einen Arm verloren hat, glauben die armen Menschen oft noch ihr ganzes Leben, dass es an diesen Gliedmaßen juckt.«

»Er ist kein klassischer Fall für die Pforte«, sagte Lodovico. »Dein Schlüsselchen und die Schmetterlinge nützen in diesem Fall nichts.«

Der Schlüssel, den ich an dem Halskettchen mit mir trug, gehörte zu einer der Vitrinen in der Halle. Darin befanden sich Schmetterlinge, getrocknet und aufgespießt, wie man sie in vielen Naturkundemuseen bewundern konnte.

Um die Pforte ins Jenseits zu öffnen, musste ich die Vitrine aufschließen, so hatte ich es zumindest bei Aurora, dem Geist des italienischen Mädchens getan.

»Was muss ich denn stattdessen tun?«, fragte ich.

Lodovico schaute Erasmus an. Der hielt dem fragenden Blick einen Moment stand, dann seufzte er und zuckte die Achseln.

»Ihm die Hand reichen«, sagte Lodovico.

»Mehr nicht?«, fragte Hotte ein wenig enttäuscht.

»An der Sache ist doch ein Haken«, knurrte Isolde Rackermann. »Ich bin mir nicht sicher, ob ich das gut finden soll.« In ihren Augen glitzerte allerdings die Neugier.

»Wir hatten erst einmal einen Todesfall bei dieser Prozedur«, sagte Erasmus.

»Aber in diesem Fall ging es um einen viel höheren Prozentsatz von Seelenverstopfung. 0,97 Prozent, um genau zu sein.«

Mein Hals wurde ganz trocken.

»Was muss ich tun?«, knisterte es staubig aus meinem Mund.

»Seine Hand nehmen und nicht loslassen, bis du loslassen musst«, sagte Lodovico.

»Und woher weiß ich, wann ich loslassen muss?«

Erasmus und Lodovico wechselten einen Blick, der mir Sorgen machte. Dann hoben sie beide die Schultern.

»Du wirst es schon merken«, sagte Erasmus, und dann flüsterte er mir ins Ohr: »Ich bin mir sicher, dass er in dich verliebt ist. Das ist sehr gut. Würde er dich hassen, könnte er alles in die Länge ziehen, aber das wird er nicht tun. Wir haben ihm schon ins Gewissen geredet.«

Ich schaute Aldwyn in die Augen. Er runzelte die Stirn.

»Diese Kiste ist nicht so schlecht«, sagte er. »Besser als das Kühlhaus und auf jeden Fall viel besser als das Packeis«, sagte er. »Ich kann da noch ein paar Jahre bleiben. Oder Jahrzehnte.«

Das war sehr nett von ihm, aber mir war klar, dass er das nicht konnte. Ich reichte ihm die Hand.

Als er sie ergriff, durchfuhr es mich wie ein Stromschlag. Ein Blitz strömte eiskalt von den Fingerspitzen bis in jede Faser meines Körpers. Für einen Herzschlag lang brannte es sogar in meinen Haarspitzen, gleichzeitig brennend heiß und eiskalt. Wind umtoste uns, schlimmer als bei dem Gewittersturm, den wir im Garten nur knapp überlebt hatten. Aus der Ferne hörte ich Schreie, aber ich verstand die Worte nicht. Inmitten dieses Tornados standen nur Aldwyn und ich, Hand in Hand. Aldwyns Finger schienen aufzutauen. Sie fühlten sich weich und warm an. Auch sein Aussehen veränderte sich. Der Raureif, der ihn bisher überzogen hatte, verschwand. Seine Lippen gewannen an Farbe und waren nicht mehr verfroren blau, sondern rot wie Himbeersaft.

»Wir müssen los«, hörte ich jemand sagen.

Es war meine eigene Stimme, aber es hörte sich an, als käme sie aus einem Lautsprecher, wie auf einem Bahnhof. Aldwyn machte einen ersten Schritt. Meine Beine fühlten sich an wie Gummi, vielleicht lag es auch an dem weichen Untergrund, über den wir uns bewegten.

Er war weiß und floss um unsere Füße. Zuerst dachte ich, es sei Schnee, aber er war nicht kalt und zerstob bei jedem Schritt. *Wie auf Wolken*, dachte ich, aber durch Wolken wären wir hinabgestürzt, das hier war weich, jedoch trug es uns.

»Kennst du den Weg?«, fragte ich Aldwyn, der nun vorauseilte. Seine Hand in meiner. Er antwortete nicht, sondern ging einfach weiter. Plötzlich beschleunigte er seine Schritte. Ich geriet ins Stolpern und schrie, aber ich ließ seine Hand nicht los. »Nicht so schnell«, rief ich immer wieder.

Aldwyn hörte nicht. Sein Griff wurde immer härter. Hinter uns ertönte ein böses Lachen. Ich kannte dieses Lachen. Wir rannten immer schneller. Ich warf einen Blick nach hinten und sah ihn.

Der Einäugige verfolgte uns.

Nein, nicht er, sondern seine Augen: sein Auge und die leere Höhle, die sonst immer von der Augenklappe verdeckt wurde. Riesengroß und schwarz näherte sich dieses gespenstische Loch.

»Ihr entkommt mir nicht«, grollte die Stimme des Einäugigen. »Ihr entkommt mir nicht. Du hättest nicht auf diese beiden Kerle hören sollen. Sie sind nicht deine Freunde. Betrüger! Sie sind Betrüger!«

Um ehrlich zu sein, dachte ich genau das. Vielleicht waren Erasmus und Lodovico nicht unbedingt Betrüger, aber ob sie wirklich wussten, was sie taten – daran zweifelte ich mittlerweile.

»Bleibt stehen«, rief der Einäugige. »Noch ist es nicht zu spät.«

»Stopp!!!«, rief ich und blieb einfach stehen.

Ein Ruck ging durch Aldwyns und meinen Arm. Fast glaubte ich, unsere Hände hätten sich getrennt, aber ich spürte noch seine Finger, die sich in meine gekrallt hatten. Er war von sich aus stehen geblieben, und zwar keine Sekunde zu früh.

Direkt vor uns quoll das weiße Etwas, durch das wir gelaufen waren, über eine Kante. Wie ein Wasserfall an einer Klippe stürzte es tief hinab. Hinter uns näherte sich das tiefe Schwarz der leeren Augenhöhle des Einäugigen. Es war jedoch kein einfaches Schwarz mehr, sondern es waberte und zerfloss. Erst jetzt fiel mir auf, dass es genauso aussah wie das weiße Etwas, auf dem wir uns bewegten – nur eben pechschwarz.

»Was nun?«, donnerte seine Stimme durch diesen unwirklichen Ort. »Kommt lieber herein zu mir. Wer weiß, wie tief ihr da vorne hinabstürzt?«

Im ersten Moment konnte ich es gar nicht glauben, aber er verlangte tatsächlich von uns, dass wir den Weg durch diese dunkle, leere Augenhöhle nahmen.

Ich schaute Aldwyn an, aber ich fand keine Antwort in seinem Blick. Ein paar Worte gingen mir durch den Kopf. Ich wusste nicht, woher sie in diesem Moment kamen, ich hatte sie gelesen, vor gar nicht allzu langer Zeit: *Nur die Frauen der Familie haben die Kraft ...*

Der Brief von Emilie, daher stammten diese Worte. Der Brief, in dem sie mir ihre Aufgabe übertragen hatte. Die Worte mischten sich mit der Stimme meiner Mutter: »… *eine zupackende Hand* …«

Ich packte zu. Meine zweite Hand umschloss die von Aldwyn. Ich machte einen Schritt nach vorne. Und wir stürzten.

»Oh, neeeiiiin!«, gellte der Schrei des Einäugigen.

Oh, nein, dachte auch ich, aber es war zu spät.

Etwas zwickte in mein linkes Ohrläppchen. Dann zwickte etwas in mein rechtes Ohrläppchen. Dann britzelte es in beiden Ohrläppchen und jemand fragte: »Lebt sie?«

»Das werden wir gleich feststellen«, antwortete jemand.

Die Stimmen verzerrten sich, dehnten die Vokale und entschwanden in weite Ferne, um mir gleich darauf wieder im Ohr zu dröhnen. In meinem Kopf pochte es, als säßen hundert kleine Männlein darin. Sie schwangen ihre Hämmerchen, um Nägel in meinen Schädel zu treiben und Bilder daran aufzuhängen.

Ein riesiges Auge sah ich auf einem. Wabernde Zuckerwatte, die eine Klippe hinabstürzte. Eisbrocken. Einen Jungen in dicken Fellklamotten. Hände, die sich ineinanderkrallten. Wieder britzelte es, alle Bilder fielen herunter. Das Pochen ließ nach. Alles war schwarz um mich herum.

Ich gab mir die allergrößte Mühe, aber ich konnte die Augen nicht öffnen. Das wollte ich, unbedingt, ich wollte unbedingt aus diesem Traum aufwachen.

»Nimm die Bestie weg«, sagte jemand. Jetzt klang die Stimme ganz normal und ich erkannte sie.

»Zurück, Roddie«, sagte der andere.

»Sie blinzelt«, sagte ein Dritter, und eine Frauenstimme seufzte tief und sagte: »Das wurde aber auch Zeit, sonst hätte ich den Notarzt gerufen.«

Das war Isolde Rackermann. Und Hotte. Und Erasmus und Lodovico.
Ich nahm alle Kraft zusammen und riss die Augen auf.
»Oh!«, riefen alle wie aus einem Mund.
Roddie wedelte mit dem Schwanz und jaulte auf.
Ich schaute mich um. Sie standen alle im funzeligen Licht einer nackten Glühbirne um mich herum. Ich lag auf dem blanken Boden. Einen Moment brauchte ich, dann erkannte ich, wo wir waren. In einem Keller. In unserem Keller, erinnerte ich mich langsam. Links von mir stand die Kühltruhe. Was machten sie alle hier? Und was war das an meinen Ohren? Zwei Klemmen, die ins Fleisch der Ohrläppchen drückten. Sie hingen an Drähten, die wiederum zu einem kleinen Apparat führten. Lodovico hielt ihn in den Händen und las eine Zahl ab.
»100 Prozent«, stellte er befriedigt fest. »Sie wird noch ein bisschen wackelig auf den Beinen stehen, aber es ist alles in bester Ordnung. Lebendiger geht es nicht.«
Hotte streckte mir die Hände entgegen und half mir auf die Beine. Ein Schwindelgefühl wirbelte einmal kurz durch meinen Kopf, aber gleich darauf fühlte ich mich wieder kräftig und frisch. Nur das Pochen hallte noch nach. Langsam kam die Erinnerung wieder.
Aldwyn aus dem ewigen Eis. Mit ihm war ich zu der Klippe gegangen. Der Einäugige war da gewesen, hatte uns bedrängt, aber dann waren wir gesprungen.
»Alles in Ordnung?«, fragte Hotte.
Ich nickte.
»So ein Mist«, sagte Hotte.
»Das ist nicht sehr nett«, sagte Lodovico.
Ich schaute in Hottes missmutige Miene. »Ein bisschen Freude und Erleichterung, dass alles gut gegangen ist – *das* wäre nett«, sagte ich.

»Ich habe nichts gesehen«, maulte Hotte. »Es war stockdunkel. Genau in dem Moment, als es passiert ist, hat diese altersschwache Funzel den Geist aufgegeben.« Er klopfte mit einer Hand gegen die Glühbirne, die prompt flackerte und erlosch. Einen Augenblick war wieder alles schwarz, dann flackerte sie wieder und leuchtete.

»Dieses Haus ist eine Bruchbude, verdammt.«

»Tja, bei diesem Vorgang wirken gewaltige Kräfte«, sagte Erasmus.

»Was ist mit Aldwyn passiert?«, fragte Isolde Rackermann.

Ich beschrieb ihr, was passiert war.

»Interessant, interessant«, sagte Erasmus. »So hat noch nie jemand davon berichtet. Beim letzten Mal befand sich die Pforte in einem ganz normalen Schweinestall. Eine schlichte Tür in einem Schweinestall, der dringend ausgemistet werden musste.«

»Nun ja, das Wichtigste ist wohl, dass ihr dem Einäugigen widerstehen konntet und Aldwyn sich nun an einem hoffentlich kuscheligen und warmen Plätzchen im Jenseits befindet. – Eines ist jedoch sonderbar.« Lodovico schüttelte das Kästchen in seiner Hand und schaute noch einmal auf die Anzeigentafel. »Eigentlich müsste es 100,00987 Prozent anzeigen. Beim Übergang verbleiben die minimalen Reste von Leben hier, auf dieser Seite.«

»Um genau zu sein«, ergänzte Erasmus, »verbleiben sie bei demjenigen, der die Seele beim Übergang begleitet hat.«

Die beiden Herren schauten mich an.

»Bei Melli?«, fragte Hotte. Mehr als ein Flüstern brachte er nicht hervor.

Isolde Rackermann tastete meinen Kopf ab und fasste mich an den Händen. »Sie hat jetzt ein bisschen von Aldwyn ...«

Lodovico nickte. »Eigentlich. Ja.«

»Eigentlich?«, fragte Isolde Rackermann.

Erasmus druckste herum. »Ganz bestimmt ... äh ... also ...«

»Eigentlich müsste das Gerät es anzeigen«, sagte Lodovico. Ich überprüfte es selbst. Es wurden genau 100 Prozent angezeigt. Kein Strich weniger, aber auch keiner mehr.

Lodovico zuckte die Achseln. Erasmus sagte: »Es ist schon ein recht altes Gerät.«

Bevor ich etwas sagen konnte, pochte es wieder. Dumpf, aber deutlich hörbar: *Bumm, bumm, bumm.*

Im ersten Moment dachte ich, das Pochen käme aus meinem Schädel.

Bumm, bumm, bumm.

Als sich jedoch einer nach dem anderen herumdrehte und nach der Quelle des Geräuschs suchte, wurde mir klar, dass alle es gehört haben mussten. Roddie winselte und kratzte am rostzerfressenen Metall der Kühltruhe.

»*Umurghsuaaa* ...«, drang aus dem Inneren.

Ich riss den Deckel auf.

»Das wurde aber auch Zeit. Ich wäre fast erstickt.«

Aldwyn reckte und streckte sich. Mir fiel sofort auf, wie verändert er war. Nichts Gespenstisches war mehr an ihm. Volle rote Lippen, kein Eisbröckchen im Pelz seines Parkas. Kein verschleierter Blick, sondern Augen, aus denen das pure Leben blitzte.

»Ein Rückläufer«, murmelte Erasmus. »Das gibt Ärger.«

»Was ist ein Rückläufer?«, fragte Hotte, bevor ich dieselbe Frage über die Lippen bekam. Allerdings hatte ich schon eine Ahnung.

Lodovico holte tief Atem. »In sehr seltenen Fällen —«

»Wirklich sehr, sehr, sehr seltenen Fällen«, unterbrach Erasmus ihn.

»Unterbrich mich nicht«, sagte Lodovico. »Also, in außerordentlich seltenen Fällen strömt nicht der Geist und sein Restleben hinüber ins Jenseits, sondern es läuft umgekehrt.«

»Jemand kommt aus dem Reich der Toten zurück?«, flüsterte ich. Die Vorstellung war so unheimlich.

»Ich glaub, ich spinne«, sagte Isolde Rackermann.

»Hammer!«, sagte Hotte.

»Na ja, genau genommen war er nie drüben«, sagte Lodovico.

»Auf jeden Fall ist alles sehr kompliziert. Wir werden drüben einiges erklären müssen und sollten keine Zeit verlieren, sonst schicken sie einen Suchtrupp los.« Erasmus verbeugte sich und stupste Lodovico in die Seite.

»Stups mich nicht«, hörten wir noch aus der Ferne. Die beiden Herren hatten sich bereits aufgelöst.

Einer geht, einer bleibt

Aldwyn schaute Melli tief in die Augen. Es waren die schönsten Augen, die er jemals gesehen hatte, aber sein Entschluss stand fest. Er konnte nicht bleiben. Der Zug fuhr in wenigen Minuten, die Zeit des Abschieds war gekommen.

In der Nacht seiner Rückkehr ins Diesseits hatte die Metzgersfrau ihn mit zu sich genommen. Es war so schön gewesen, endlich wieder in einem kuschelweichen, warmen Bett zu schlafen, sogar in einem eigenen Zimmer, auch wenn alles in diesem Zimmer rosarot und blümchensüß gewesen war. Es war das Zimmer einer der Töchter von Isolde Rackermann gewesen.

»Du kannst hierbleiben und mir helfen«, hatte ihm Frau Rackermann angeboten. »Ich gebe dich als meinen Neffen aus England aus. Oder ich adoptiere dich. Dann gibt es bei *Rackermann & Söhne* endlich auch einen Sohn. Das wäre doch ein Ding!« Dann hatte sie verschwörerisch gezwinkert. »Und Melli kannst du dann auch jeden Tag besuchen.«

Bei diesen Worten war Aldwyn sehr rot geworden.

Aber er hatte den Kopf geschüttelt. Einerseits würde er nie wieder ein Kühlhaus betreten. Schon vor der Schwelle zitterte er am ganzen Leib. Nicht weil es ihn fror, sondern aus Angst, er könnte jemals wieder in etwas eingesperrt werden, das kalt, dunkel und eng war. Andererseits wollte er zurück in seine Heimat, denn er hatte noch etwas zu erledigen. Frau Rackermann hatte ihm ein bisschen Geld gegeben und einen Fahrschein gekauft. Sie hatte sogar noch einen alten Kinderausweis ihrer mittleren Tochter gefunden.

»Mit deinen zotteligen Haaren siehst du ihr wirklich ähnlich«, sagte sie, als sie am Bahnsteig standen. »Und bei einem Knirps wie dir schauen sie sowieso nicht so genau hin.«

Dass er ein Knirps sein sollte, hörte Aldwyn gar nicht gerne, schließlich war er schon bis in die Arktis gesegelt. Außerdem stand Melli vor ihm und sie verabschiedeten sich. Von Hotte hatte er sich ein paar Kleidungsstücke ausgeliehen.

»Die sind auf jeden Fall viel bequemer als deine alten Klamotten, die du auf der HMS Erebus tragen musstest«, sagte Hotte.

Roddie schnüffelte ein wenig verwirrt zuerst an Aldwyn, dann an Hotte.

»Steht dir bestens«, sagte Melli.

Aldwyn lächelte. Wenn Melli vor ihm stand, vergaß er einfach alles, was er sagen wollte.

»Hast du den Brief von Sir John Franklin gut eingepackt?«, fragte Melli fürsorglich.

Er nickte und stieg in den Zug.

»Du legst ihn auf das Grab von Lady Jane. Damit ist dein Versprechen erfüllt!«, ermunterte sie ihn.

Wieder nickte er.

Der letzte Brief von Sir John Franklin hatte ihn mehr als 150 Jahre begleitet, nun sollte er auch zu seinem Ziel kommen, auch wenn es nur noch der Grabstein der geliebten Lady seines Kommandanten sein würde.

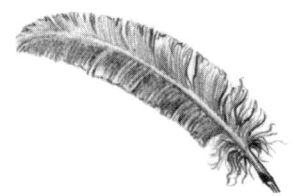

»Du musst einsteigen«, sagte Isolde Rackermann, als der Schaffner ein paar Türen weiter mit einem schrillen Pfiff das Signal zur Abfahrt gab.

Aldwyn stieg in den Waggon, sprang jedoch auf der Stelle wieder hinaus. Er schlang die Arme um Melli. »Ich komme wieder«, flüsterte er.

»Jetzt aber hurtig«, rief der Schaffner.

Die Stimme kam Aldwyn bekannt vor. Er stieg wieder ein, genau wie der Schaffner es einen Waggon weiter gerade tat.

Jetzt erkannte Aldwyn ihn.

Sie hatte ihn auch gesehen.

»Steig lieber aus!«, rief Melli draußen aufgeregt.

Die Türen schlugen jedoch zu und verriegelten sich automatisch. Aldwyn rüttelte am Griff, aber der Zug bewegte sich schon. Keine Chance, die Tür war nicht mehr zu öffnen.

Die Augenklappe. Das eine grüne Auge. Das schmale Gesicht. Die blutroten Lippen.

Es war der Einäugige gewesen. In der Uniform eines Schaffners. Die Tür zum Abteil wurde geöffnet. Der Mann in der Uniform sagte: »Die Fahrausweise, bitte ...«

Aldwyn starrte ihm ins Gesicht.

»Mund zu, junger Mann, sonst verschluckst du noch eine Fliege«, sagte der freundliche Schaffner mit gemütlichen Pausbacken und einer kleinen goldenen Brille auf der Nasenspitze. Er lächelte Aldwyn an und zwinkerte ihm zu.

Keine Augenklappe. Kein Einäugiger.

Aldwyn stürzte zum Fenster. Der Zug hatte den Bahnhof schon verlassen. Am Bahnübergang hinter der Schranke sah Aldwyn ihn jedoch: Der Einäugige winkte Aldwyn zu, dann löste er sich langsam auf.

DER AUTOR

Frank M. Reifenberg absolvierte eine Ausbildung zum Buchhändler und arbeitete danach als Presse- und Öffentlichkeitsreferent. Er besuchte die Internationale Filmschule Köln und schreibt seit dem Jahr 2000 Romane und Drehbücher. Seit 2008 engagiert er sich in der Leseförderung von Jungen, veranstaltet zu diesem Thema Seminare, Vorträge für Multiplikatoren und Workshops. Die Universität zu Köln berief ihn als Lehrbeauftragten für die Leseanimation von Jungen. 2012 erhielt er vom Luxemburger »Centre national de littérature« ein Stipendium. 2014 wurde der Autor von der Leipziger Buchmesse und der Stiftung Lesen mit dem Leipziger Lesekompass für »Die Schattenbande legt los« ausgezeichnet.

HOUSE OF GHOSTS

Gespannt, wie es weiter geht?

Mit dem Goldschatz haben Melli und ihre Familie die Schulden bezahlt und werden die geerbte Villa behalten können. Mama hat die Idee, aus dem alten staubigen Kasten eine Pension zu machen. Blöd, dass der erste Übernachtungsgast ausgerechnet Professor Schnöcks ist, denn der Fachbuchautor will beweisen, dass es keine paranormalen Aktivitäten gibt. Irgendwoher scheint er erfahren zu haben, dass es in der Villa Emilie spukt – und das gilt es zu widerlegen. Melli und Hotte wissen, dass es nichts zu widerlegen gibt, denn es spukt ja wirklich – etwas, was Mama und der Rest der Welt nicht unbedingt erfahren sollen. Nun ist guter Rat teuer: Wie werden die Kinder diesen lästigen Professor los? Und steckt er womöglich mit dem Einäugigen oder der fiesen Bürgermeisterin unter einer Decke? Bei der großen Eröffnungsfeier der Villa droht alles aus dem Ruder zu laufen. Für Melli gibt es nur eine Möglichkeit: Sie muss die Reise ins Jenseits wagen und Emilie um Rat fragen ...

ISBN 978-3-8458-1712-5

Auch zu bestellen unter www.arsedition.de

HOUSE OF GHOSTS

Nehmt euch in Acht!

Es knirscht und kracht im Gebälk. Manchmal hört man sogar ein leises Seufzen. Melli wäre lieber in New York geblieben, aber weil ihre Eltern notorisch pleite sind, mussten sie unbedingt in die schiefe alte Villa ziehen. Zusammen mit dem Nachbarsjungen Hotte kommt Melli dem gut gehüteten Geheimnis ihrer Urgroßschwiegercousine Emilie auf die Spur. Und entdeckt dabei ein Erbe, das es wirklich in sich hat ...